Arena-Taschenbuch
Band 1793

Joachim Friedrich,
Jahrgang 1953, ist promovierter Volkswirtschaftler und Professor für Betriebswirtschaft.
Neben wissenschaftlichen Büchern schreibt er auch Theaterstücke und Kinderbücher.
Joachim Friedrich wurde im Rahmen des Otto-Ditscher-Preises 1992 für sein erstes Theaterstück mit einem Preis ausgezeichnet.

Ein origineller Kinderkrimi mit »etwas anderen« Illustrationen von Regina Kehn.

Eselsohr

Joachim Friedrich

4½ Freunde

Mit Bildern von
Regina Kehn

Arena

In neuer Rechtschreibung

6. Auflage als Arena-Taschenbuch 2000
Lizenzausgabe des K. Thienemanns Verlags, Stuttgart

Umschlag und Illustration: Regina Kehn
Umschlagtypographie: typostudio GmbH, München
Gesamtherstellung: Westermann Druck Zwickau GmbH
ISSN 0518-4002
ISBN 3-401-01793-4

Inhalt

Eine seltsame Entdeckung

Der Zufall ist schon eine komische Sache. Eigentlich war Kalle an allem schuld. Wenn ich nicht solche Angst davor gehabt hätte, dass er mich mit dem Kinderwagen sähe, hätte ich meine geheimnisvolle Entdeckung wahrscheinlich nie gemacht. – Aber es ist wohl besser die Geschichte von Anfang an zu erzählen.

Es war beim Mittagessen, gleich nach der Schule. Papa hatte sich sein erstes Tomatenbrot gemacht. Er mag keine Linsensuppe. Er hielt es sich vor sein Gesicht, mit gespreizten Fingern, wie ein Kellner sein Tablett. Abgebissen hatte er noch nicht. Zwischen den Zwiebelhäufchen auf den Tomatenscheiben konnte ich sein Gesicht sehen. Sehr freundlich sah es nicht aus. Aber das ist nichts Neues, wenn es um sein Lieblingsthema Schule geht. Das ist auch kein Wunder, denn Papa ist Lehrer, Mathematiklehrer, aber zum Glück nicht an unserer Schule. Trotzdem habe ich mir schon oft gewünscht einen Vater mit einem normalen Beruf zu haben. Bauer zum Beispiel, oder Bergmann, Bäcker, Busfahrer, Buchhalter oder Zoodirektor.

»Kannst du nicht wenigstens beim Essen diese Comic-Hefte beiseite legen, Karsten? Du solltest lieber was für die Schule tun. Das wäre besser für dich. Nimm dir ein Beispiel an deiner Schwester.«

Ich wollte ihm sagen, dass ich längst mit den Hausarbeiten fertig war, weil ich sie schon in der Schule gemacht hatte, und dass Steffi auch Comic-Hefte liest, aber er ließ mich nicht zu Wort kommen.

»Wo ist Stefanie eigentlich?«

»Wo soll sie schon sein? Sie sitzt vor ihrer Flimmerkiste.

Wie immer. – Steffi!«, schrie ich, so laut ich konnte. Wahrscheinlich würde sich Frau Dubbe aus dem Nachbarhaus wieder über mich beschweren. Aber auch das war nichts Neues. Wenn sie nur den leisesten Ton von uns hört, steht sie vor unserer Tür und beschwert sich. Aber meine Eltern waren selber schuld. Warum hatten sie sich auch dieses Scheibchen-Eigentum in der Vorstadt gekauft? Und dann mussten sie sich ausgerechnet das neben dem von Frau Dubbe aussuchen.

»Karsten! Bitte nicht so laut. Du weißt doch . . .« Mama zeigte mit ihren Augen in Frau Dubbes Richtung. »Wenn Stefanie nicht pünktlich zum Essen kommt, muss sie ihre Suppe eben kalt essen«, meinte sie dann und schöpfte unsere Teller voll. Sie setzte sich zu uns und starrte eine ganze Weile auf ihren Teller. »Ich frage mich, warum ich mir immer solche Mühe mit dem Essen gebe.«

»Das ist auch so eine Sache«, meckerte Papa weiter. »Stefanie sitzt viel zu oft vor dem Computer.«

Ich war froh, dass meine Eltern ein anderes Thema gefunden hatten, um sich zu streiten, auch wenn es wieder einmal um die Unterschiede zwischen Steffi und mir ging. Hauptsache war, dass sie mich in Ruhe ließen. Steffi ist eigentlich in Ordnung. Wir verstehen uns fast immer gut. Nur begreifen unsere Eltern das nicht.

»Es ist mir unbegreiflich, dass Zwillinge so verschieden sein können«, sagte Papa und schnitt eine Zwiebel in viele gleich große Würfelchen.

»Zweieiig.«

»Das meine ich doch nicht. Obwohl es mich schon wundert, dass Stefanie fast einen Kopf größer und auch um einiges kräftiger ist als Karsten. Aber da muss man die beiden ja nur beim Essen beobachten, dann weiß man, warum. – Karsten, bitte mümmele nicht wie ein Kaninchen an deinem Essen herum. – Aber was viel bedenklicher ist, das sind die Leistungen in der Schule. Du weißt doch selbst, dass Stefanie sehr ordentliche Arbeiten nach Hause bringt. Und Karsten? Mathematik fünf. Rest Durchschnitt und sonst nur Comic-Hefte. Manchmal frage ich mich, wohin das noch führen soll!«

Wir konnten Papa nicht mehr sagen, wohin das führen sollte. Steffi kam ins Zimmer. Sie warf ihre Lieblingsjacke (die mit der IBM-Aufschrift) über die Stuhllehne, setzte sich hin und griff gleichzeitig zum Löffel und zum Brotkorb. Wenn etwas Steffi von ihrem geliebten Computer weglocken kann, dann ist es Essen.

»Hallo, da bin ich! Warum hat mir kein Mensch gesagt, dass das Essen fertig ist? – Mhmm, Linsensuppe.«

Ihre erste Portion hatte sie schneller verdrückt als ein Seehund ein Heringsfilet. Erst dann hat sie uns eines Blickes gewürdigt. »Is' was? Ihr macht alle so komische Gesichter.« Mama und Papa sagten nichts und ich hatte auch keine Lust es ihr zu erzählen.

Papa schien schlechte Laune zu haben. Vielleicht hatten ihn seine Schüler geärgert. Jedenfalls bohrte er weiter.

»Wenn du schon keine Hausarbeiten machst, kannst du wenigstens im Garten helfen.«

Ich wäre fast vom Stuhl gefallen. Das fehlte mir noch! Ich hasse Gartenarbeit! Außerdem ist es die Übertreibung des Jahrhunderts unseren Gartenzwergspielplatz als Garten zu bezeichnen.

Zum Glück hatte ich eine gute Ausrede. »Ich muss auf Basti aufpassen!«

»Auf den Knirps von Hansens?«, rief Steffi. »Hast du nichts Besseres zu tun?«

Das hatte ich nicht. Außerdem ging Steffi das einen feuchten Kehricht an.

»Das geht dich überhaupt nichts an!«, schrie ich sie lauter

an, als ich eigentlich wollte. Irgendwie ist mir die Sache mit Basti ja doch peinlich.

»Schrei mich nicht so an!«, schrie sie mich an.

»Nun hört endlich auf euch zu streiten«, meldete sich Mama endlich einmal. »Und lass bitte deinen Bruder in Ruhe, Stefanie.«

»Warum denn ich? Schließlich hat Radieschen angefangen!«

»Bitte, Stefanie!«, schnaufte Papa.

»Nenne Karsten nicht Radieschen!«

Ich glaube, jetzt muss ich zwei Sachen erklären. Erstens nennen mich alle Leute Radieschen, außer den Erwachsenen natürlich. Wie ich dazu gekommen bin, ist ganz einfach. Wir heißen nämlich Rademacher. Und weil ich nicht gerade ein Riese bin, hat irgendein Witzbold aus meiner Klasse gemeint: »Ein kleiner Rademacher, das ist ein Radieschen.«

Ich fand das damals nicht sehr komisch, aber den Namen hatte ich weg. Steffi nennt mich auch so. Ich habe den Versuch aufgegeben es ihr abzugewöhnen.

Zweitens passe ich manchmal auf Basti auf. Das ist der kleine Sohn von Hansens. Die wohnen in dem Scheibchen auf der anderen Seite neben uns. Basti ist noch ziemlich winzig. Jedenfalls macht er noch in die Windeln. Mir macht es nichts aus auf den Kleinen aufzupassen. Jedenfalls nicht, solange mich niemand aus meiner Klasse dabei sieht. Immerhin zahlt Frau Hansen gar nicht schlecht. Comic-Hefte sind schließlich teuer, wie jeder weiß. Außerdem bringt mir das etwas Abwechslung, wenn Steffi vor ihrem Computer sitzt und ich nicht weiß, was ich machen soll.

Als wir vor drei Monaten hierher in die Vorstadt gezogen sind, fand ich es zunächst ja auch ganz gut. Es gibt hier Felder,

Wiesen und den Wald ganz in der Nähe. »Darum beneiden uns sicher viele«, hatte Papa gesagt. Aber spätestens nach vier Wochen wusste ich: absolut tote Hose. Zum Glück hatten Steffi und ich die Schule nicht wechseln müssen. Das war ein kleiner Trost.

Papa war von Anfang an begeistert gewesen. Erstens wollte er schon immer »etwas Eigenes« haben, wie er sagte, und zweitens war er ganz in der Nähe aufgewachsen. Dass ich hier den Babysitter für Basti spiele, gefällt ihm allerdings gar nicht. »Kannst du nichts anderes mit deiner Zeit anfangen, Karsten?« So meckert er ständig an mir herum. Mir macht es langsam nichts mehr aus. Doch dieses Mal hatte er wohl bei Mama eine empfindliche Stelle getroffen. Mit lautem Platschen ließ sie ein Würstchen auf Steffis Teller fallen.

»Jetzt hör endlich auf an den Kindern herumzunörgeln!«

Papa sah erstaunt von seinen Zwiebelstückchen hoch. Wenn Mama diesen Ton anschlägt, hört sogar Steffi mit dem Essen auf. »Was meinst du?«

»Ich meine, dass du etwas mehr Vertrauen zu deinen Kindern haben solltest. Sie wissen schon, was sie tun. Wenn Stefanie sich für den Computer interessiert, sollten wir sie nicht daran hindern. Sie kann das später sicher gut gebrauchen. Und dass Karsten auf den Kleinen aufpasst, finde ich sogar sehr gut. Das kann euch Männern nur helfen. – Außerdem hattest du als Kind ja wohl auch deinen Macke.«

»Was soll das denn heißen?«

»Manchmal unterhält man sich eben mit seiner Schwiegermutter über die Kindheit seines Mannes«, grinste Mama.

Papa wurde rot. »Das gehört nun wirklich nicht hierher!«

Steffi wollte etwas sagen, aber sie kam nicht mehr dazu, weil unsere Türglocke schepperte. Es dauert immer ewig lange, bis das Gebimmel aufhört. Papa hatte darauf bestanden, dass wir eine Türglocke nehmen, auf der man über zwanzig verschiedene Melodien einstellen kann. In diesem Monat war »Original Big Ben« an der Reihe.

Mama wartete ab, bis wieder Ruhe eingekehrt war. »Wer kann das denn sein?«

»Vielleicht will Frau Dubbe sich wieder einmal beschweren«, meinte Papa. »Karsten, bitte sieh nach, wer es ist.«

Ausgerechnet ich, habe ich gedacht, als ich zur Tür ging. Wie gesagt, mit unserer Nachbarin ist nicht gut Kirschen essen. Die beschwert sich über alles.

Es war nicht Frau Dubbe. Als ich die Tür aufmachte, wusste ich trotzdem, dass der Tag für mich gelaufen war. Vor mir stand Kalle, in voller Pracht. Das meine ich wörtlich. Er ist noch einen Kopf größer als Steffi. Was das im Verhältnis zu mir heißt, will ich lieber gar nicht erst erzählen. Außerdem ist er Klassenbester in Sport.

»Hi, Radieschen!«, grinste er mich an, klopfte mir auf die Schultern und schob mich beiseite. »Ist Steffi da?«

Er wartete die Antwort nicht ab, sondern marschierte ohne Umwege in unsere Küche. Er kennt sich gut bei uns aus. Er ist ja leider auch oft genug da. Er taucht mindestens zweimal in der Woche bei uns auf, schleicht um Steffi herum, futtert sich durch und geht mir auf den Geist.

Steffi sah von ihrer Linsensuppe hoch. »Hi, Kalle! Na, wie viele Verbrecher hast du heute gefangen?«, grinste sie ihn an. Meine Eltern nickten ihm freundlich zu. Sonst beachteten sie ihn kaum. Für sie gehörte er schon zur Familie. So oft kommt der.

»Willst du mit uns essen?«, fragte Mama ihn. Gleichzeitig öffnete sie den Küchenschrank, um einen Teller herauszuholen.

Auf diese Frage hat Kalle noch nie mit Nein geantwortet. »Klar! Gerne!«

Mama stellte den Teller vor ihn hin und rührte mit der Suppenkelle im Topf herum. »Seltsam. Ich hätte schwören können, dass noch ein Mettwürstchen darin ist.«

Steffi grinste noch breiter. »Vielleicht hat es ja jemand geklaut. Ein neuer Fall für Kalle und Partner: Das verschwundene Mettwürstchen.«

»Ich weiß gar nicht, was du willst«, brummte Kalle und sah sehnsüchtig auf den Suppentopf. »Schließlich gehörst du auch dazu.«

Papa wurde aufmerksam. »Wozu gehörst du, Stefanie?«

»Zu Kalles Detektivbande«, antwortete ich für meine Schwester.

Kalle hob seinen Zeigefinger. »Detektivbüro, Radieschen. Detektivbüro Kalle und Partner.«

»Detektivbüro, soso.«

Mama und Papa sahen sich an. Sie verzogen zwar keine Miene, aber ich glaube, Mama hat Papa zugezwinkert.

»Gehörst du auch dazu?«, fragte Papa mich.

Kalle ließ mich nicht antworten. »Radieschen? Nee. Der kann meinetwegen bei den Sauriern mitmachen.«

Papa verschluckte sich. »Saurier? Was ist das nun schon wieder?«, hustete er.

Kalle setzte ein verächtliches Gesicht auf. »Das sind ein paar Typen aus unserer Klasse. Totale Spinner sind das. Eigentlich nennen sie sich Saurier-Man-Bande.«

»Das hört sich ja schrecklich an!«, rief Mama.

»Ach, halb so schlimm, Frau Rademacher. Sie nennen sich nur so, weil sie alle mit dem gleichen schwachsinnigen Zeug spielen. Mit kleinen Püppchen aus Plastik. Sie sehen aus wie

Mister Universum – auch die Frauen. Sie reiten auf Sauriern mit Sattel und Laser-Kanone.«

»Mein Gott, wie schrecklich!«, rief Mama noch einmal.

»Ooch, ist halb so schlimm, Frau Rademacher. Ist ja alles nur Plastik.«

»Und mit denen spielt ihr?«, fragte Papa.

Kalle wäre beinahe die Linsensuppe im Hals stecken geblieben. »Was? Mit denen? Mit den Blödmännern? Wissen Sie, was die machen? Sie bringen ihre Plastikpüppchen mit in die Schule und spielen in den Pausen damit. Das heißt, sie schieben sie vor sich her und rufen dabei ›Zisch!‹ oder ›Peng!‹ und ›Uaah! Ich bin getroffen!‹ Bescheuert, oder?«

Papa saß da, mit seinem angebissenen Tomatenbrot in der Hand, und hörte Kalle mit offenem Mund zu. »Äh, ja, ja«, meinte er schließlich. »Und was macht ihr in den Pausen?«

»Wir lösen richtige Kriminalfälle.«

»Tatsächlich?«

»Na ja, eigentlich üben wir noch. Hier passiert ja nichts. Wenn wir in New York wären . . .«

»Ich habe übrigens ein neues Computerspiel«, unterbrach Steffi Kalles Vortrag. »Das heißt Schatzsuche. Wenn du Lust hast, können wir es ausprobieren.«

Kalle kratzte den letzten Rest Linsensuppe auf seinem Teller zusammen. »Schatzsuche? Muss man da richtig kombinieren und so?«

»Klar.«

»Also sozusagen ein Trainingsprogramm für Detektive?«

»Sozusagen.«

»Worauf warten wir dann noch? Lass es uns ausprobieren!«

Toll! Ich ließ meinen Plan mit den beiden etwas zu unternehmen wieder fallen. Ich wusste, welches Spiel Steffi meinte. Das kann man nur zu zweit spielen. Und wer dann zugucken durfte, war nicht schwer zu erraten. Ich natürlich! Ich überlegte, was ich allein machen könnte, da dröhnte Big Ben wieder durch den Hausflur. Papa sah hoch und machte den Mund auf.

Ich ließ ihn nicht zu Wort kommen. »Ich mache auf«, sagte ich, drehte mich um und ging zur Tür. Es war Frau Hansen. Sie lächelte mich freundlich an. Das tut sie immer, wenn sie etwas von mir will. »Hallo Karsten«, sagte sie, nachdem sie einmal kurz über meine Schulter ins Haus gesehen hatte. »Schön, dass du an die Tür kommst. Ich wollte dich nämlich etwas fragen.«

»Soll ich jetzt schon auf Basti aufpassen?«, unterbrach ich sie.

Sie nickte und lächelte noch freundlicher. »Genau. Mein Mann und ich wollen . . .«

Ich ließ sie wieder nicht ausreden, sondern drehte mich um, fischte meine Jacke von der Garderobe und zog die Haustür hinter mir zu. Dass Kalle das mit Basti herausfand, hätte mir gerade noch gefehlt. Steffi hatte mir hoch und heilig versprochen, dass sie ihm nichts davon erzählen wollte. Zum Glück kann ich mich auf meine Zwillingsschwester verlassen.

»Das ist wirklich lieb von dir, Karsten«, strahlte Bastis Mama. »Du hilfst uns damit wirklich.«

»Schon gut«, erwiderte ich großzügig. Ich konnte ihr schließlich nicht sagen, dass ich pleite war und mir deshalb das zusätzliche Geld sehr gelegen kam. Außerdem ist es immer noch besser mit Basti spazieren zu gehen als sich von Kalle nerven zu lassen.

Als Basti mich erspähte, quietschte er vor Vergnügen. Wenn Basti einmal mitbekommen hat, dass ich mit ihm spazieren gehen will, kann ihn niemand mehr bremsen. Ohne Pause watschelte er zwischen Haustür und Küche hin und her. Und weil er noch nicht richtig laufen kann, stolpert er spätestens alle zehn Schritte, setzt sich auf seinen Windelpo, um gleich wieder aufzustehen. Das Gebrüll, das er dabei veranstaltet, ist kaum auszuhalten.

Darum beeilte sich Frau Hansen auch seine Sachen zusammenzusuchen. Sie stopfte alles so sorgfältig, wie es bei dem Gebrüll von Basti ging, in das Netz an seinem Buggy. Dabei muss sie Basti zuerst hineinsetzen, weil das ganze Zeug, das wir mitnehmen müssen, so schwer ist, dass der Buggy ohne Basti nach hinten überkippen würde.

Ich war nervös. Darum nervte mich Bastis Geschrei ganz besonders. Ich wollte auf gar keinen Fall, dass Kalle mich mit Kinderwagen sah. Er würde es bestimmt gleich am nächsten Tag allen in der Klasse erzählen. Wie ich dann veräppelt werden würde, wollte ich mir gar nicht erst vorstellen. Darum nehme ich immer Hansens Hinterausgang, wenn Kalle bei uns ist. Ich habe einen Stammweg, wenn ich mit Basti gehe: Unsere Straße herunter, dann nach rechts in den Feldweg durch die Wiesen, an Bauer Beckmanns Hof vorbei, über den kleinen Bach, eine Runde durch den Wald, am Teich und der großen Lichtung vorbei, bis wir wieder auf der anderen Seite unserer Straße rauskommen. Das dauert ungefähr eine Stunde. Danach gehen wir wieder zu Hansens und ich spiele mit ihm. Das heißt, ich passe auf, dass er nichts anstellt.

Ich ging sehr langsam. Schließlich hatte ich viel Zeit. Der Wald ist, wie gesagt, ganz in der Nähe und ziemlich groß. Weil er so nah an der Stadt liegt, treten sich die Spaziergänger dort am Wochenende gegenseitig die Füße platt. Aber an normalen Wochentagen trifft man kaum jemanden.

»Kannst du dir vorstellen, dass mein Papa hier gespielt hat, als er noch ein Junge war?«, fragte ich Basti. Er sah zu mir hoch und strahlte mich an. Ich unterhalte mich gerne mit Basti. Der quatscht einem wenigstens nicht dazwischen. Außerdem freut er sich, wenn man mit ihm redet. Ich ging den Waldweg entlang und stellte mir vor, wie Papa mit seinen Freunden zwischen den Bäumen herumgesprungen war. Das würde ich auch gerne machen. Nur hätte ich dazu ein paar Freunde gebraucht. Und die hatte ich hier nicht. Nur Basti.

Der Wald ist dichter, als er von weitem aussieht, beinahe gruselig. Es war sehr still. Sogar Basti saß ganz ruhig in seinem Buggy. Vielleicht fand er es ja auch unheimlich hier. »Was ist los, Kleiner?«, fragte ich ihn. »Hast du Angst?« Dieses Mal sah er nicht zu mir hoch. Er saß regungslos und irgendwie steif in seinem Wagen.

»He, was ist mit dir?« Die Frage war überflüssig. Im gleichen Augenblick wusste ich, was los war. Basti bekam rote Ohren und gab eindeutige Geräusche von sich. Das Ergebnis seiner Anstrengungen roch ich sofort. Der Wind kam nämlich von vorne. Zuerst versuchte ich es nicht zu beachten. Das funktionierte nicht lange. Es ist kaum zu glauben, dass eine einzige volle Windel die schöne Waldluft so verpesten kann.

»Basti! Du stinkst!«

»Da! Da!«, antwortete mir Basti und strahlte wieder, als hätte er einen neuen Weltrekord gebrochen.

Was sollte ich machen? Einerseits war der Gestank kaum auszuhalten, andererseits war keine vernünftige Wickelkommode in Sicht. Ich entschloss mich Basti auf den Arm zu nehmen und mit ihm ein Stück tiefer in den Wald zu gehen. Ich lehnte den Buggy an einen Baum. Als ich Basti hochhob und mir die Tasche mit den Windeln griff, fing er an zu schreien. Er hasst es gewickelt zu werden. Und ich hasse es ihn

zu wickeln. Ich überlegte mir, ob ich nicht die Preise bei Frau Hansen erhöhen sollte.

Ich musste ziemlich weit in den Wald hineingehen. Endlich sah ich vor einer Felswand ein Stück Waldboden, das dicht mit Moos bewachsen war. Das war ein guter Platz. Ich glaube, an dem Tag habe ich, Basti ist mein Zeuge, den Geschwindigkeitsrekord im Baby-Wickeln gebrochen. Aber wohin mit der vollen Windel? So konnte ich sie schließlich nicht mitnehmen. Andererseits durfte ich sie nicht einfach wegwerfen. Schließlich hat man schon mal etwas von Umweltschutz gehört. Also musste ich wenigstens den Inhalt loswerden. Der war ja sozusagen voll biologisch.

Mit angehaltenem Atem bog ich das Gestrüpp auseinander. In dem Augenblick sah ich ein Loch in der Felswand. Es war groß genug, dass mein Kopf hindurchpasste. Es war eine winzige Höhle! Ich war so aufgeregt, dass ich mein Herz bis in die Ohren spürte. Ich sah mich um. Vielleicht gab es ja etwas zu entdecken? Es gab!

Zuerst konnte ich nicht viel sehen. Nur durch einen schmalen Spalt an der Decke fiel etwas Licht. Das war wirklich unheimlich! Wenn ich daran denke, läuft mir jetzt noch ein kalter Schauer über den Rücken. Die Sonne schien auf einen kleinen Felsvorsprung. Da saßen sie! Ich sah direkt in ihre Gesichter. In ihren Augen glitzerte das Sonnenlicht.

Ein echter Fall

Wie angewurzelt habe ich vor der Höhle gekauert und auf die Puppe und den Teddy gestarrt. Doch dann habe ich mir Basti gegriffen, mich umgedreht und bin losgerannt. Das musste ich den beiden Superdetektiven erzählen. Die würden Augen machen! Das war schließlich etwas anderes als Computerspiele. Gleich neben dem Moos lagen ein paar Steine, über die bin ich gestolpert, unsportlich wie ich bin. Dabei habe ich eine fast zirkusreife Leistung vollbracht. Wenn ich mich nicht so geschickt abgerollt hätte, wäre Basti unter mir begraben worden. Als ich mich wieder aufgerappelt habe, dachte ich, dass ich mir alle Knochen ausgerenkt hätte. Doch dann, als ich mich noch einmal gebückt habe, um die Windel aufzuheben, hatte ich eine Idee.

Als ich in Steffis Zimmer kam, saßen sie und Kalle noch an dem Computer. Vor meiner Entdeckung hatte ich gehofft, dass Kalle möglichst schnell verschwindet. Nun war ich froh, dass er noch nicht gegangen war. Er sollte alles hören und grün vor Neid werden!

»Was ist los, Radieschen, schon wieder zurück?«, begrüßte mich Steffi, als ich mit Basti auf dem Arm in der Tür stand. »Mann, was ist mit dir? Warum stehst du da so rum? Willst du mitspielen?«

Ich hatte mir auf dem Rückweg die Worte zurechtgelegt, mit denen ich Steffi und Kalle von meiner Entdeckung erzählen wollte. Und nun stand ich vor ihnen und wusste nicht, wie ich anfangen sollte.

Kalle machte es mir nicht leichter: »Was ist los? Warum guckst du so blöde? Und was soll der Knirps hier?«

»Das ist das Baby von unseren Nachbarn«, antwortete Steffi für mich. »Auf den passt er manchmal auf.«

Nun hatte er es doch herausbekommen. Daran hatte ich überhaupt nicht mehr gedacht. Seine Bemerkung kam postwendend. »Babysitter? Tatsache? Wie süß! Mama Radieschen!«, brüllte er und hämmerte vor Vergnügen mit den Fäusten auf Steffis Computertisch herum.

Ich musste mich nicht verteidigen. Das übernahm Steffi. »Blödmann!«, zischte sie und untersuchte ihren Tisch. »Wenn du was kaputtgemacht hast, fängst du dir 'nen Satz heiße Ohren.«

Kalle grinste verlegen. Ich glaube, er wurde sogar rot. »Keine Panik. Komm, lass uns weiterspielen!«

Die Zeit für meinen Auftritt war endlich gekommen. »Ich glaube nicht, dass ihr weiterspielen solltet.«

Steffi drehte sich wieder zu mir um. »Warum nicht?«

Ich wartete einen Augenblick, bevor ich antwortete. Das erhöht die Spannung. »Ich habe eine Höhle entdeckt.«

»Aha«, meinte Kalle, ohne die Augen vom Bildschirm zu nehmen. »Und?«

»Darin war etwas versteckt. Und ich habe es gefunden.«

Das hatte gewirkt. Beide sahen mich mit großen Augen an. Es war toll!

»Mensch!«, rief Steffi. »Nun mach es nicht so spannend! Sag schon, was du gefunden hast.«

Ich hielt es ihnen unter die Nase. »Das da.«

Steffi zog eine Augenbraue hoch. »Ein vergammelter Zettel? Darum machst du so einen Aufstand? Ich glaube, bei dir hakt's aus.«

»Von wegen vergammelter Zettel!«, schrie ich sie an, dass Basti zusammenzuckte und anfing zu heulen. Ich musste ihn erst wieder beruhigen, bevor ich weitererzählen konnte. Steffi und Kalle sahen mir dabei zu, ohne ein Wort zu sagen. Wahrscheinlich hatte ich sie sehr neugierig gemacht. Das war auch gut so.

»Also, was ist nun mit dem Zettel?«, fragte Steffi, als Basti wieder friedlich mit seinem Quietsche-Entchen spielte. »Es ist eine Schatzkarte.«

So ganz nebenbei hatte ich das gesagt. Ich sah die beiden nicht an. Sollten sie doch kommen, wenn sie etwas von mir wollten. Sie kamen. Mit einem Satz waren sie neben mir und Basti.

»Schatzkarte?«, fragte Kalle. »Tatsache? Zeig her!«

»Wenn ich es doch sage. Sie war in einer Pappschachtel versteckt. Sah ganz unscheinbar aus. Aber als ich das Papier auseinandergefaltet habe, habe ich gesehen, was es ist.« Ich hielt Kalle die Karte unter die Nase. Es war wieder toll. Er bekam Augen so groß wie Untertassen.

»Eh, Wahnsinn!«, rief Steffi. »Ist die echt?«

Ich zuckte mit den Schultern. »Weiß nicht.«

Kalle setzte den Fachmann-Blick auf. »Logo ist die echt. Sieht man doch. Zeig mal her.«

Er grabschte nach meiner Hand. Aber ich war schneller und zog sie weg. »Nix da! Gucken ja, anfassen nein!«

Steffi gab mir einen schwesterlichen Klaps, dass mir die Luft wegblieb. »Manno, Radieschen! Stell dich nicht so an. Gib sie wenigstens mir. Oder traust du mir nicht?«

Eigentlich glaubte ich schon, dass Steffi sie mir zurückgeben würde. Trotzdem zögerte ich einen Augenblick. Schließlich gab ich sie ihr doch. Immerhin ist sie meine Zwillingsschwester. In dem Moment, als ich sie ihr gab, war Kalle neben ihr. Er beugte sich über ihre Hand mit der Karte. Sie hätte nur zugreifen müssen, um ihn in seine Nase zu kneifen. Leider tat sie es nicht.

Kalle verdrehte den Kopf, wie der Hund von Frau Dubbe, wenn man ihm ein Stück Wurst vor die Nase hält.

»Da steht doch was drauf! Was steht denn da?«

Irgendwie erinnerte er mich an diese Typen aus den Western. Die japsen auch immer so, wenn sie ihre Beute teilen.

Steffi las vor: »Da steht 15. Januar 1946. Mann! Dann ist die ja – warte mal.« Sie zählte an den Fingern ab. »Dann ist die ja schon fast fünfzig Jahre alt!«

»Genau!«, rief ich. »Eine richtige alte echte Schatzkarte war in der Höhle! Beim ersten Mal habe ich sie gar nicht gesehen. Aber dann bin ich noch mal zurückgegangen.«

Kalle und Steffi waren total aus dem Häuschen. In allen Einzelheiten musste ich ihnen erzählen, wie ich sie entdeckt hatte. Das tat ich. Es war gar nicht so einfach, weil ich nämlich ein wenig flunkern musste.

»Basti ist mir weggelaufen«, log ich. »Er ist in den Wald hinein und hat sich hinter ein paar Büschen verkrochen. Ich bin hinter ihm her und dabei habe ich einen überwucherten Höhleneingang entdeckt.«

Ich fand, dass Kalle schon genug über Basti und mich wusste. Darum erwähnte ich die volle Windel erst gar nicht. Basti konnte mich zum Glück nicht verraten. Er war gerade damit beschäftigt, mit Begeisterung eines von Steffis Comic-Heften zu zerrupfen. Zum Glück sah sie es nicht.

Steffi und Kalle interessierte auch nicht, wie ich die Höhle entdeckt hatte. Sie hatten nur die Karte im Kopf.

»Und was war mit der Karte? Lag die da einfach nur so herum, oder was?«

»Die war in einer Pappschachtel. Das habe ich doch erzählt. Darum hatte sie sich wahrscheinlich so lange gehalten. Da war aber noch etwas.«

»Noch etwas?«, unterbrach mich Steffi. »Was denn?«

»Eine Puppe und ein Teddy.«

Steffi und Kalle sahen mich an, als wäre ich nicht ganz richtig im Kopf.

»Eine Puppe und ein Teddy?«, wiederholte Kalle wie ein Papagei. »So eine Baby-Puppe zum Spielen und ein Plüsch-Teddy?«

»Ja, sag ich doch.«

Steffi schüttelte den Kopf. »Willst du uns auf den Arm nehmen, Brüderchen?«

»Quatsch! Warum sollte ich euch belügen? Die Karte gibt es schließlich auch in echt, oder? Da waren eine Puppe und ein Teddy! Die saßen auf so einem kleinen Felsvorsprung und haben mich richtig angeguckt. Das war unheimlich, kann ich euch sagen!«

»Und warum hast du sie nicht mitgebracht?«

»Weil sie schon total vergammelt waren. Richtig muffig haben sie gerochen, genau wie die Pappschachtel. Die ist fast auseinandergefallen. Nur die Karte war noch ganz in Ordnung.«

»Mensch, Steffi!«, rief Kalle. »Gerade haben wir das noch an deinem Computer gespielt. Und jetzt haben wir eine richtige Schatzkarte. Wahnsinn!«

»Woher willst du eigentlich wissen, dass es eine Schatzkarte ist?«, fragte Steffi plötzlich.

»Natürlich ist es eine Schatzkarte! Los, Steffi, zeig mal her!« Sie breitete die Karte auf dem Tisch aus. Es war ein doppelter Strich darauf aufgezeichnet, der sich von oben nach unten in Haken und Windungen über das ganze Blatt hinzog. An beiden Enden des Striches stand ein dickes schwarzes Kreuz. Daneben waren seltsame Zeichen gemalt und ein paar Zahlen.

Steffi und Kalle starrten eine ganze Weile auf das vergilbte Stück Papier. Steffi kratzte sich am Kopf. »Trotzdem«, meinte sie, »ich hatte mir eine Schatzkarte immer ganz anders vorge-

stellt. Ich meine, mit mehr Hinweisen auf den Schatz. Auf dem Ding stehen ja nur Zahlen und Zeichen. Das Einzige, was man erkennen kann, ist, dass dieser komische Wurm zwischen den beiden Kreuzen ein Weg sein soll.«

»Aber das ist eine Schatzkarte!«, rief Kalle. »Das sieht man doch ganz deutlich. Und da, wo das Kreuz ist, da ist der Schatz versteckt.«

Steffi lehnte sich zurück. »Toll, du Schlaumeier. Und welches von den beiden Kreuzen meinst du? Und wo sind die? Auf der Karte steht doch überhaupt nichts.«

Kalle zuckte mit den Schultern und guckte belämmert aus der Wäsche.

Ich wollte nicht, dass sie schon zu Anfang aufgaben. »Aber irgendwo muss es diesen Weg doch geben!«

»Irgendwo! Natürlich gibt es ihn irgendwo. Aber wo?«

Kalle zog die Karte zu sich heran. »Am wichtigsten ist, dass wir systematisch vorgehen. Wäre doch gelacht, wenn wir so einen dämlichen Code nicht knacken könnten.«

Kalle gehörte wahrscheinlich auch zu den Kindern, von denen Mama gesprochen hatte. Ich meine, die immer zu viel fernsehen dürfen.

»Code knacken?«, fragte ich. »Was meinst du damit?«

»Was weiß ich. Lasst ihr euch doch mal etwas einfallen. Soll ich die ganze Arbeit alleine machen?«

»Ich glaube, ich habe schon eine Idee«, meinte Steffi, ohne sich um Kalle zu kümmern. »Radieschen hat die Karte doch in einer Höhle gefunden.«

»Ja. Und?«

»Vielleicht ist das eine Kreuz ja die Höhle.«

»Dann müssten wir ja nur von der Höhle aus dem eingezeichneten Weg folgen bis zu dem . . .«

»Ob wir da wirklich einen Schatz finden?«, flüsterte Kalle, als hätte er Angst, dass uns jemand hören konnte.

Ich wusste gar nicht, warum er sich so aufregte. Wenn es tatsächlich einen Schatz gäbe, dann gehörte der doch wohl mir. Schließlich hatte ich die Höhle entdeckt.

»Klar liegt da ein Schatz«, sagte ich leichthin. »Warum zeichnet man denn sonst so eine Karte? Nur was es mit der Puppe und dem Teddy auf sich hat, möchte ich wissen.«

Das ging mir schon die ganze Zeit durch den Kopf. Wenn ich daran dachte, lief mir immer noch ein kalter Schauer über den Rücken. Das war wirklich unheimlich gewesen. Mir war überhaupt nicht wohl bei dem Gedanken noch einmal dort hineinzugehen. Das sagte ich den beiden aber nicht. Auf die dummen Sprüche von Kalle konnte ich gut verzichten. »Wollt ihr denn da noch mal hin?«, fragte ich deshalb so unauffällig, wie ich konnte.

»Na klar!«, rief Kalle. »Was denkst du denn? Wenn das eine Kreuz auf der Karte tatsächlich die Höhle ist, dann müssen wir doch wohl dahin. Kapiert?«

»Natürlich habe ich das kapiert!« Kalle tat fast schon so, als wäre das sein Schatz. »Man wird wohl noch mal fragen dürfen.«

»Darf man«, meinte Kalle großzügig. »Vielleicht hast du ja was übersehen. Vielleicht finden wir noch einen Hinweis, der das Geheimnis um die Puppe und den Teddy lüftet.«

Geheimnis lüftet! Er sollte lieber mal sein Gehirn lüften. »Guckt doch mal auf das Datum!«, faselte er weiter. »Das war doch kurz nach dem Zweiten Weltkrieg. Der war doch 1945 vorbei, oder?«

»Stimmt auffallend«, meinte Steffi.

»Eben!«, rief Kalle. »Also hat jemand die Karte kurz danach gezeichnet. Da haben viele Leute ihre Sachen in Sicherheit gebracht, weil doch da alles drunter und drüber ging. Bestimmt hat da jemand seinen Kram vergraben.«

»Und wer sagt uns, dass der Kram wertvoll ist?«, fragte Steffi. »Ich habe keine Lust nach ein paar alten Kochpötten zu suchen.«

»Meinst du vielleicht, jemand macht sich solche Mühe und zeichnet eine Schatzkarte, wenn es nur wertloses Zeug ist, das er versteckt? Außerdem werden wir es nie herausfinden, wenn wir nicht danach suchen.«

»Na gut«, brummte Steffi und beugte sich wieder über die Karte. »Die Zeichen, die da links und rechts von dem Strich eingezeichnet sind, sollen bestimmt Hinweise auf den Weg darstellen. Markierungspunkte oder so.«

»Markierungspunkte! Genau!«, rief Kalle dazwischen. »Steffi, du bist genial!«

»Und die Zahlen am anderen Ende sind bestimmt Entfernungen, wahrscheinlich Schritte.«

»Genau!«, brüllte Kalle wieder. »Da geht es ja auch fast nur noch geradeaus!«

»Na, Kinder. Löst ihr wieder fleißig Kriminalfälle?« Papa stand plötzlich in der Tür.

Es ist unglaublich! Erwachsene klopfen überall an, nur nicht, wenn sie ins Zimmer ihrer Kinder gehen.

»Wir? Äh . . . nichts, ich meine . . .«, stotterte ich. Ich entschied mich die Klappe zu halten, sonst wurde er noch neugierig.

Es war zu spät. Er machte einen langen Hals. Zum Glück konnte ich die Karte schnell genug verschwinden lassen.

Er kam zu uns an den Tisch. Wir sahen zu ihm hoch und er sah zu uns herunter. So stand er eine ganze Weile und guckte.

»Ihr verheimlicht mir doch etwas!«

»Radieschen, ich meine Karsten, hat eine Höhle entdeckt!«, rief Steffi.

Ich war nicht sauer, dass sie das verraten hatte. Wie gesagt, Papa war neugierig geworden. Das heißt, dass er so lange nicht locker lässt, bis er herausgefunden hat, was er wissen will.

»Eine Höhle?«

»Ja! Toll, was? Und eine Puppe und ein Teddy waren auch darin!«

Das war schlau! Sie erzählte ihm nur die Hälfte. Damit würde er sich bestimmt zufrieden geben.

»Was war darin?«, fragte er noch einmal.

»Eine Puppe und ein Teddy!«, rief ich. »Das stimmt wirklich, Papa!«

»Wir reden gerade darüber, dass wir die Höhle noch einmal genauer untersuchen wollen«, erzählte Kalle.

Ich hätte am liebsten laut aufgeschrien. Wie konnte er das nur sagen! Was jetzt kam, das wusste ich nämlich genau.

»Auf gar keinen Fall!«, rief Papa.

Na also. Ich kenne doch meinen Vater.

»Warum denn nicht?«, fragte Kalle. Er kennt meinen Vater nicht so gut wie ich.

»Weil ich nicht möchte, dass ihr allein im Wald herumstöbert. Das ist gefährlich.«

»Aber Papa!«, versuchte ich es noch einmal. Es half nichts.

»Ihr geht nicht. Ist das klar?«

Steffi nickte. »Alles klar, Papa. Wir gehen nicht.«

Was das Versprechen wert war, konnte ich mir gut denken. Papa kaufte es ihr aber ab.

»Na gut, dann sind wir uns ja einig.«

Er wollte sich schon umdrehen und gehen. Da fiel sein Blick auf Basti, der sich gerade mit dem zweiten Comic-Heft vergnügte.

»Da fällt mir ein, warum ich überhaupt gekommen bin, Karsten.«

»Warum?«

»Weil du den Kleinen wieder zurückbringen sollst. Es ist schon spät. Das Abendessen ist gleich fertig. Frau Hansen hat auch schon angerufen.«

Das war das Stichwort für Steffi. »Darf Kalle mit uns essen?«

Mir blieb wirklich nichts erspart. Natürlich schrie Basti auch noch wie am Spieß, als ich ihn von seinem geliebten Comic-Heft trennte. Und als Steffi sah, was er angerichtet hatte, bekam ich von ihr auch noch einiges zu hören. Ich nahm Basti samt seiner Ausrüstungstasche auf den Arm und verzog mich, so schnell ich konnte, zu Hansens.

Eigentlich sah Frau Hansen nicht so aus, als hätte sie schon auf mich gewartet. Wahrscheinlich hatte Papa das nur gesagt, damit ich Basti schnell zurückbringe. Ich fand, dass Papa allmählich übertrieb. Ich wusste ja, dass er etwas dagegen hatte, dass ich auf Basti aufpasste. Ihm wäre es lieber gewesen, wenn ich mit Jungen in meinem Alter zusammen wäre. Aber was soll ich machen? Ich brauche das Geld. Und außerdem wohnt in unserer Gegend niemand, mit dem ich mich öfter treffen möchte.

Zum Glück hatte ich Mama auf meiner Seite. Neulich wollte ich nachts zum Kühlschrank gehen. Da habe ich gehört, wie Mama und Papa sich gestritten haben. »Jetzt reicht es mir aber!«, rief Mama wütend. »Wenn Karsten auf den Jungen aufpassen will, dann soll er das auch tun! Ich mische mich da nicht ein. Und ich wäre dir dankbar, wenn du es auch nicht tätest.«

»Schon gut, schon gut«, hörte ich Papa kleinlaut murmeln. Das tat gut! Viel genutzt hat es allerdings nicht.

Das Abendessen verlief zum Glück friedlich, trotz Kalle.

Wir erzählten Mama noch von der Höhle. Papa sagte nichts dazu. Er schaufelte sein Essen in sich hinein, ohne vom Teller aufzusehen.

Mama machte nicht so einen Wirbel darum wie er. Sie sagte nur: »Ach, tatsächlich? Schön, schön.«

Aber das hätte sie wahrscheinlich auch gesagt, wenn wir ihr erzählt hätten, dass King Kong im Wohnzimmer vor dem Fernseher sitzt und Erdnüsse knabbert. Überhaupt kümmert sie sich kaum um das, was Steffi oder ich machen, außer wenn sich die Nachbarn über uns beschweren.

Nach dem Essen verzog Kalle sich ziemlich schnell. Ich hörte noch, dass er und Steffi an der Haustür Pläne schmiedeten. »Und morgen nach der Schule nehmen wir diese Höhle mal etwas genauer unter die Lupe«, flüsterte er.

Das fand ich, ehrlich gesagt, überhaupt nicht gut. Abends, als ich im Bett lag und nicht einschlafen konnte, nahm ich mir fest vor Kalle beizubringen, wer der Chef bei der Schatzsuche sein würde.

Am nächsten Morgen, noch vor der Schule, als ich mit Steffi auf den Schulhof kam, stand der Partner von Kalles Detektivbüro bei seinem Chef: Friedhelm. Er lauschte Kalle andächtig. Ich ahnte Übles.

Steffi hatte ähnliche Gedanken: »Ich möchte wetten, dass er über die Schatzkarte redet.«

Ich nickte nur, weil ich mir gerade im Stillen die Worte zurechtlegte, mit denen ich Kalle sagen wollte, dass ich der Chef der Schatzsuche sein wollte.

»Hi, Steffi – grüß dich, Radieschen«, begrüßte uns der Meisterdetektiv.

»Welche Geschichten erzählst du denn schon wieder?«, grüßte Steffi zurück.

»Ich habe gerade die Lage erklärt.«

»Was hast du?«

»Na ja, ich habe Friedhelm erzählt, dass Radieschen eine Höhle entdeckt hat und eine ... « Er reckte den Hals und spähte nach allen Seiten, ob vielleicht irgendwelche Geheimdienste durch die Gegend schlichen. »... und eine Schatzkarte«, flüsterte er dann. »Los, Radieschen, zeig mal her.« Friedhelm sah mich mit einem Blick an, den ich nicht genau deuten konnte. Da glaubte ich noch, dass sogar etwas Ähnliches wie Bewunderung dabei war. Ich fühlte mich ganz wohl.

Wahrscheinlich hatte ich deshalb auch den Mut, Kalle tatsächlich das zu sagen, was ich mir vorgenommen hatte: »Du, Kalle, ich wollte dir nur sagen, dass ich bei der Schatzsuche der Anführer sein will.«

»Was willst du?«

»Der Anführer bei der Schatzsuche sein.«

»Wie?«

Ich räusperte mich. »Ich meine, ich habe die Höhle entdeckt. Und zwar allein! Darum will ich auch bestimmen, wo es langgeht. Ihr könnt euch ja beraten und mir dann sagen, ob ihr einverstanden seid. Vorher zeige ich die Karte jedenfalls niemand mehr.«

So, es war raus! Trotzdem wäre ich am liebsten weggelaufen. Das ging aber nicht. Meine Beine wollten sich einfach nicht bewegen. Ich stand nur da und starrte Kalle an. Der starrte zurück wie einer, der gerade etwas erlebt hat, das er im Leben nicht für möglich gehalten hätte. Was Steffi und Friedhelm machten, wusste ich nicht. Ich sah nicht nach rechts und nicht nach links, nur in Kalles Gesicht. Obwohl das Gejohle und Gekreische auf dem Schulhof bestimmt nicht leiser war als an jedem anderen normalen Morgen, hatte ich das Gefühl, es wäre totenstill.

Viereinhalb Freunde und kein Hund

Ich weiß nicht, wie lange wir so herumstanden und uns anstarrten. Für mich war es eine Ewigkeit. All die wütenden Beschimpfungen und Drohungen, die ich von Kalle erwartet hatte – nichts.

Die Schulglocke läutete einmal. Das bedeutet, dass wir uns auf den Weg in unsere Klassen machen müssen. Zweimal heißt, dass der Unterricht anfängt. Normalerweise hasse ich dieses Gefängnis-Gebimmel, aber dieses Mal war es eine Art Erlösung. »Also, dann wisst ihr ja Bescheid«, sagte ich, drehte mich um und lief so schnell es ging, aber trotzdem so langsam, dass es nicht nach Flucht aussah, auf den Eingang zu. Ich war froh, als ich mich endlich in dem schubsenden und kreischenden Gedränge verstecken konnte.

Als ich in die Klasse kam, merkte ich, dass ich der Erste war. Das war mir noch nie passiert! Ich warf die Jacke über einen Haken neben der Tür und setzte mich sofort. Ich kramte in meiner Tasche herum und holte nach einer ganzen Weile das Bio-Buch heraus, obwohl ich es schon beim ersten Griff in der Hand gehabt hatte. Ich las darin, ohne überhaupt zu sehen, was ich las. Selbst wenn das Buch falsch herum gelegen hätte, es wäre mir nicht aufgefallen. In der Schule sitzt Steffi neben mir. Das ist so seit unserem ersten Schultag. Zum Glück kam sie mit Kalle und Friedhelm erst nach dem zweiten Schellen herein. Steffi saß noch nicht, da wurde es still! Frau Schulte-Stratemann, unsere Bio-Lehrerin, war gekommen. Das ersparte es mir mit Steffi reden zu müssen.

Frau Schulte-Stratemann erzählte uns etwas über das Innenleben der Schweine. An anderen Tagen hätte mich das, wie meistens in Bio, tierisch gelangweilt. Ich hätte wie die anderen Papierkügelchen geschossen oder Briefchen geschrieben. Aber ich hörte gespannt zu, wie die Verdauung von so einem Schwein funktioniert. Ich habe mich sogar gemeldet. Beim dritten Mal hat Frau Schulte-Stratemann erstaunt die Augenbrauen hochgezogen. Ich habe aber trotzdem weiter aufgepasst.

Zwischen der ersten und der zweiten Stunde kramte ich wieder in meiner Tasche, räumte das aufgeräumte Etui auf und sah in alle möglichen Schulbücher, ohne ein Wort zu lesen. In der zweiten Stunde hatten wir Erdkunde: die Ölvorkommen in der Nordsee. Es war wieder sehr interessant. Als es zur großen Pause läutete, konnte ich es kaum glauben. Die ersten beiden Stunden waren viel schneller vergangen als sonst.

Beim Hinausgehen war es umgekehrt wie beim Hineingehen. Ich war der Letzte, der aus der Klasse ging. Ich schlich so langsam ich konnte. Es half nichts. Irgendwann war ich am Eingang und sah hinunter auf den Schulhof. Da warteten sie, gleich unten vor der großen Treppe. Kalle und Friedhelm standen nebeneinander und sahen zu mir hoch. Steffi hatte sich etwas abseits an die Wand gelehnt und die Arme vor der Brust verschränkt. Sie sah aus wie ein Zuschauer, der gespannt auf eine gute Show wartet.

Langsam ging ich die Treppe hinunter. Ich muss gestehen, dass ich dabei eine Menge Pudding in den Knien hatte. Als ich nur noch zwei Stufen von ihnen entfernt war, räusperte Kalle sich.

»Wir haben etwas mit dir zu besprechen, Radieschen.«

»So? Was denn?«, fragte ich und gab mir alle Mühe meine Stimme einigermaßen normal klingen zu lassen. Nur nicht krächzen, dachte ich. Das passiert mir nämlich immer, wenn ich besonders aufgeregt bin oder Angst habe.

Kalle zeigte mit seinem Kopf über seine Schulter.

»Nicht hier. Lass uns zu den Fahrradständern gehen. Da sind wir ungestört.«

Er drehte sich um und trabte los. Friedhelm lief hinter ihm her, wie es sich für einen guten Partner gehört. Steffi und ich bildeten den Schluss der Prozession. Ich hätte sie zu gerne gefragt, was Kalle von mir wollte. Aber weil sie immer nur stur geradeaus sah, sprach ich sie nicht an. Ich habe schließlich auch meinen Stolz. Ich wunderte mich nur darüber, dass sie grinste.

Als wir endlich in der hintersten Ecke des Schulhofes standen, machte Kalle mir einen Vorschlag, der mich fast umgehauen hätte: »Wir haben uns vorhin beraten. Dabei haben wir fast einstimmig beschlossen . . .«

»Fast?«

»Na ja, sozusagen. Also, ich habe beschlossen dich als Partner in unser Detektivbüro aufzunehmen.«

Ich sah Steffi an, aber das half mir auch nicht weiter. Sie hatte wieder ihre Zuschauerstellung angenommen und grinste mich an.

»Ja, äh«, stotterte ich. »Ich weiß gar nicht, was ich dazu sagen soll.«

Kalle klopfte mir gönnerhaft auf die Schulter. »Sag nichts, Kumpel.«

Friedhelm ließ ein Grunzen hören.

»Ein kleines Problem gibt es allerdings noch«, meinte Kalle mit einem Seitenblick auf ihn.

»Problem?«

»Ja. Der Fall. Friedhelm meint, dass du erst noch einen Fall lösen musst, bevor du aufgenommen wirst, genau wie wir alle.«

Ohne mich! Auf einen Fall, wie Kalle und Friedhelm ihn gelöst hatten, konnte ich verzichten. Eigentlich hatte alles damit angefangen, dass Kalle zufällig beobachtet hatte, wie jemand ein Fahrrad vom Schulhof gestohlen hatte. Kalle hatte den Dieb verfolgt, ohne dass der es gemerkt hatte, und dann dem Rektor erzählt, wohin er gefahren war. Deshalb hatte die Polizei ihn schnell fassen können. Da hatte Kalle beschlossen ein Detektivbüro aufzumachen.

»Willst du überhaupt aufgenommen werden?«, fragte Steffi plötzlich.

»Na ja, ich weiß nicht. Was sagst du denn zu dem Fall?«

»Du weißt doch, was ich davon halte. Totaler Quatsch! Von mir aus brauchst du keinen Fall zu lösen.«

»Na ja«, meinte Kalle. »Eigentlich hat Friedhelm ja Recht. Ohne Fall kein Partner. Jedenfalls nicht für Männer.«

Natürlich! Bei Steffi hatte er schon eine Ausnahme gemacht. Wahrscheinlich nur, damit er an ihren Computer herankam. Die anderen aus der Klasse meinten zwar, dass Steffi Kalles Freundin wäre, aber das kann ich mir nicht vorstellen.

»Dann werde ich eben kein Partner«, sagte ich. Woher ich den Mut nahm, weiß ich auch nicht mehr.

»Eh, Mann, eh!«, rief Friedhelm. »Und was ist mit der Schatzkarte?«

»Die kannst du vergessen.«

»Vielleicht gibt es ja doch noch einen Ausweg«, meinte Kalle. »Wie wäre es, wenn es reicht eine Schatzkarte zu finden. Das ist dann sozusagen der Fall. Aber der Chef bleibe natürlich ich. Das ist klar.«

Aha. Daher weht also der Wind. Ich wusste nicht mehr, was ich tun sollte. Am liebsten hätte ich alles wieder rückgängig gemacht. Aber dann hätte ich mich zu sehr blamiert.

»Was erzählst du da von einer Schatzkarte?«

Erschrocken drehten wir uns um. Es war Sascha, der Anführer

der Saurier-Man-Bande. Er stand keine zwei Meter von uns entfernt. Wir hatten nicht gemerkt, dass er sich angeschlichen hatte.

Kalle bekam rote Ohren. »Schatz? Wieso Schatz? Und was suchst du überhaupt hier, du Pfeife?«

»Selber Pfeife! Gehört dir vielleicht der Schulhof? Also, was ist nun mit der Schatzkarte?«

»Welche Schatzkarte?«

»Eh, Mann, eh!«, rief Friedhelm dazwischen. »Das ist nur ein neuer Fall.«

Sascha grinste ihn an. »Ihr und eure dämlichen Detektivspielchen. Kinderkram!« Er drehte sich um und ging zu seinen Bandenkollegen, die in sicherer Entfernung auf ihn warteten.

»Und eure Plastik-Ömmel?«, schrie Kalle hinter ihm her. »Ist das vielleicht kein Kinderkram? Zisch, zisch! Peng, peng!«

»Meinst du, er hat es mir abgekauft?«, fragte Friedhelm, als Sascha außer Hörweite war.

Kalle zuckte mit den Schultern. »Keine Ahnung. Auf jeden Fall müssen wir in Zukunft höllisch aufpassen, sonst schnappen die uns den Schatz noch vor der Nase weg.«

»Ist Radieschen nun Partner oder nicht?«, fragte Steffi, die sich das Lachen kaum noch verkneifen konnte.

»Einverstanden?«, fragte Kalle mich. Ich nickte.

»Eh, Mann, eh!«, rief Friedhelm. Im gleichen Augenblick schellte es. Die Pause war vorbei.

Auf dem Rückweg in unsere Klasse ging ich wieder neben Steffi. »Jetzt bin ich noch nicht einmal dazu gekommen mein Pausenbrot zu essen«, meckerte sie. »Trotzdem fand ich das gut, was du dem Kalle gesagt hast.«

»Ehrlich? Ich meine, findest du das ehrlich gut?«

»Ehrlich.«

Ich sage es ja immer: Steffi ist eine prima Schwester.

»Aber du bist ein Junge und darum bist du auch bescheuert.«

Na ja, manchmal ist sie eben etwas schwierig.

Die nächsten beiden Stunden vergingen genauso schnell wie die ersten beiden. Nur hatte es dieses Mal einen anderen Grund. Kalle hatte mich als seinen Partner aufgenommen! Vielleicht fanden wir ja tatsächlich heraus, was es mit der Puppe und dem Teddy auf sich hatte. Als Gegenleistung sollte ich ihn als Chef ertragen. Darüber musste ich gründlich nachdenken. Das dauerte die nächsten zwei Schulstunden lang. Nur hatte ich dieses Mal keine Ahnung, was die Lehrer erzählt hatten. Das war aber nicht weiter schlimm, weil wir Reli und Musik hatten. Das Ergebnis meiner Überlegungen war, dass ich es gut fand, so wie alles gekommen war. Und die Schatzsuche mit Kalle und den anderen hatte ich ja eigentlich selbst gewollt.

Als es zur nächsten Pause schellte, ging ich mit meinen neuen Detektiv-Freunden hinaus. Kalle lotste uns gleich wieder zu den Fahrrädern.

»Wir müssen verteufelt gut aufpassen«, meinte er nach dem üblichen Kontrollblick. »Sascha hat seinen Männern bestimmt schon berichtet, dass wir eine große Sache planen. Ich weiß nicht, wie viel er vorhin hören konnte, als er hier herumgeschnüffelt hat. Vielleicht wissen sie ja sogar schon von der Höhle.«

Ich kam mir vor wie im Film. »Und was sollen wir machen?«, fragte ich ihn.

»Vorsichtig sein, sehr vorsichtig, Radieschen.«

»Eh, Mann, eh!«, rief Friedhelm. »Lass uns endlich einen Plan machen!«

»Plan? Welchen Plan?«

»Wann wir losgehen, welche Ausrüstung wir brauchen, welche Spuren wir verfolgen und diese ganzen Sachen.«

Friedhelm redet nie jemanden mit seinem Namen an. Für ihn sind alle »Eh, Mann, eh!« Dabei ist es ihm vollkommen egal, ob er seine Freunde oder seine Eltern meint, Schüler oder Lehrer, Oma oder Opa, Onkel oder Tante, Kinder oder Erwachsene. Friedhelm ist ungefähr so klein wie ich, dafür aber doppelt so breit.

Er ist für jeden Spaß zu haben. Darum war er auch gleich dabei, als es darum ging, einen Fall für Kalles Detektivbüro zu lösen. Er hat unserer Bio-Lehrerin nachspioniert, weil sie so oft in den Kartenraum gegangen ist. »Das ist verdächtig«, hatte er gemeint. Eines Tages hat sie plötzlich die Tür aufgerissen, als er wieder vor dem Kartenraum herumgelungert hat. Mann, die kann gucken, die Frau Schulte-Stratemann. Gegen sie sind die Laser-Kanonen von Saurier-Man trübe Funzeln. Sie hat Friedhelm gewissermaßen mit einem Blick zu einem Aschehäufchen versengt und ins Universum geschossen. Damit war der Fall Schulte-Stratemann abgeschlossen. »Eigentlich ist das ja kein richtiger Fall«, hatte Kalle zu Friedhelm gesagt. »Aber ich nehme dich trotzdem auf.«

Wahrscheinlich hat er sich gefreut, dass wenigstens einer versucht hatte einen Fall zu lösen.

Friedhelm hätte am liebsten die letzten beiden Stunden geschwänzt und wäre sofort losgezogen.

»Also gut«, meinte Kalle, »machen wir einen Plan. Das hatte ich sowieso sagen wollen. Hast du die Schatzkarte dabei, Radieschen?«

Ich holte sie heraus. Das dauerte allerdings einige Zeit, weil ich sie in meinem Brustbeutel versteckt hatte. Friedhelm trat ungeduldig von einem Bein auf das andere, so als müsste er aufs Klo. Als ich den Brustbeutel endlich unter meinem Pullover, Hemd und Unterhemd hervorgefischt hatte, zog ich die Karte heraus und gab sie Kalle.

Friedhelm klebte sofort mit seiner Nase darauf. »Eh, Mann, eh! Stark – Was hat das denn alles zu bedeuten?«

Wir klärten ihn kurz über das auf, was wir am vorigen Tag schon herausgefunden hatten.

»Dann gehen wir gleich nach der Schule zu dieser Höhle, ja?«, fragte er, als wir fertig waren.

Kalle schüttelte den Kopf. »Nicht sofort. Wir gehen erst alle nach Hause, so wie immer. Unsere Eltern müssen ja nicht gleich Verdacht schöpfen. Außerdem verwirren wir dadurch unsere Feinde, falls sie uns verfolgen sollten.« Er sah einen nach dem anderen von uns an. »Hat jemand Einwände?«

Wir hatten nichts dagegen. Es klang ziemlich logisch, obwohl ich langsam glaubte, dass Kalle an Verfolgungswahn litt. »Und wann treffen wir uns dann?«, wollte Friedhelm wissen. Kalle kratzte sich am Kopf. »Lass mich mal überlegen. Um ein Uhr ist die Schule aus. Für den Heimweg brauchen wir eine halbe Stunde. Zum Glück wohnen wir ja alle nicht weit voneinander entfernt.«

Das stimmte. Kalles Eltern hatten sich auch ein Haus in unserer Siedlung gekauft und Friedhelm wohnte nur ein paar Straßen weiter.

»Gut«, rechnete Kalle weiter, »zum Essen brauchen wir auch nicht länger als eine halbe Stunde. Und wenn wir unseren Eltern sagen, dass wir keine Hausarbeiten zu machen haben, können wir uns um halb drei bei Steffi, ich meine bei Radieschen und Steffi, treffen. Dann haben wir noch eine halbe Stunde Luft, falls etwas schief gehen sollte. Alles klar?«

Wieder nickten alle. Das klang auch ganz gut. Ich fand, dass Kalle wirklich ein ganz guter Detektiv-Chef war.

»Und was ist mit der Ausrüstung?«, fragte Friedhelm.

Kalle tippte sich mit dem Zeigefinger an die Stirn. »Was glaubst du eigentlich, wo wir hingehen? In die Antarktis?«

»Eine Schaufel wäre nicht schlecht«, meinte Steffi. »Oder ein Spaten. Du hast doch gesagt, dass der Schatz irgendwo vergraben ist. Oder willst du mit den Händen danach buddeln?«

»Nee, natürlich nicht. Also gut, eine Schaufel können wir ja mitnehmen. Wer besorgt die?«

»Immer der, der fragt«, grinste Steffi.

Kalle seufzte. »Also gut, besorge ich die auch noch. Ich glaube, bei uns liegt noch so ein Ding in der Garage herum. Seid ihr dann endlich zufrieden?«

Wir waren es. Trotzdem unterhielten wir uns noch über ein paar Kleinigkeiten. Zum Beispiel überlegten wir uns, wo wir den Schatz verstecken wollten, was wir unseren Eltern sagen und wie wir die Belohnung teilen würden, wenn wir den Schatz ausgegraben hätten. Wir einigten uns darauf, dass wir alle den gleichen Anteil bekommen. »Fifty-fifty für jeden«, wie Friedhelm es ausdrückte.

Die letzten beiden Stunden verliefen ohne besondere Zwischenfälle. Wir hatten Deutsch. Damit habe ich keine Probleme.

Klar, dass ich auf dem Weg nach Hause gute Laune hatte. Steffi und ich redeten pausenlos, natürlich über die Höhle und über Kalle und Partner. Normalerweise gehen wir immer ziemlich schweigend nebeneinander her. Was soll man sich auch erzählen, wenn man sich jeden Tag sieht? Aber das war schließlich kein normaler Tag. Ich dachte daran, dass es Tage gibt, die mies anfangen und dann doch noch ganz toll werden. Woran ich nicht dachte, war, dass es auch wieder anders werden kann.

Als wir nach Hause kamen, war Mama allein. Papa wäre normalerweise vor uns zu Hause gewesen. Er hatte Mama angerufen, dass er später käme, weil er zu einer Lehrerkonferenz musste, von der er vorher nichts gewusst hatte. Uns war das ganz recht. So konnten wir beim Essen mit Mama reden, ohne dass Papa sich wieder aufregte.

»Du, Mama?«, fragte Steffi, kaum dass sie ihre erste Portion verdrückt hatte. »Wie war das eigentlich damals hier nach dem Zweiten Weltkrieg?«

Meine Schwester nimmt selten ein Blatt vor den Mund. Ich hätte mich fast verschluckt.

»Mein Gott, Stefanie! Du stellst immer Fragen! Warum willst du das wissen?«

»Ach, Mama, bitte sag doch. Es ist für die Schule.«

Die kann lügen, die Stefanie. Wahnsinn!

»Was meinst du denn genau? Damals ist sehr viel geschehen. Leider fast nur schlimme Dinge. Aber das wisst ihr ja sicher auch.«

»Ja, schon, aber wir würden gerne wissen, wie es hier war. Hier in unserer Gegend. Vor allem kurz nachdem der Krieg vorbei war. Und besonders interessiert uns, ob es hier vielleicht sehr reiche Leute gab, die Angst davor hatten, dass man ihnen ihr Geld wegnahm.«

Mama sah uns skeptisch an. »Müsst ihr das auch für die Schule wissen?«

Steffi und ich nickten. Zu zweit zu lügen funktioniert viel besser als allein.

»So genau kann ich das nicht sagen. Ich wurde ja erst später geboren. Aber soviel ich weiß, wohnten nur wenige Leute hier. Und die waren nicht reich. Bestimmt hätte Papa mir davon erzählt. Wie ihr wisst, hat er als Kind ganz in der Nähe gewohnt. Wenn ihr wollt, kann ich ihn danach fragen, wenn er nach Hause kommt.«

»Lieber nicht, Mama«, sagte ich schnell. »Das ist nicht nötig.«

Mir war lieber, Papa wurde da nicht mit hineingezogen. Bestimmt würde er gleich an die Höhle denken.

»Wer könnte uns denn sonst noch darüber erzählen?«, fragte Steffi.

»Oma und Opa natürlich – und die anderen Leute, die zu der Zeit hier gewohnt haben. Nur, wie die heißen und wo sie jetzt leben, das weiß ich nicht.«

Wir konnten nicht weiter darüber reden. Big Ben hatte sich gemeldet.

Es war Friedhelm, natürlich zehn Minuten vor der vereinbarten Zeit.

»Ich habe es nicht mehr ausgehalten«, meinte er. »Darum bin ich etwas früher gekommen.«

Wir hatten kaum die Tür hinter uns zugezogen, da kam Kalle auch schon. Wie versprochen, hatte er eine Schaufel bei sich. Sie war riesig und total verrostet.

»Welches Monstrum schleppst du denn da an?«, begrüßte ihn Steffi.

»Du kannst vielleicht blöde Fragen stellen! Ich sollte doch eine Schaufel mitbringen. Damit hat mein Vater früher Kohlen eingekellert.«

Danach sah das Ding auch aus.

»Eh, Mann, eh! Die ist doch gar nicht schlecht. Damit kann man bestimmt große Löcher buddeln. Wir wissen schließlich nicht, wie groß der Schatz ist.«

»Dann kannst du sie ja auch schleppen«, sagte Kalle und drückte Friedhelm die Schaufel in die Hand. »Können wir dann endlich los?«

Bis zum letzten Augenblick hatte ich es hinausgezögert, aber nun blieb mir keine andere Wahl mehr. »Könnt ihr noch einen Augenblick warten?«

»Was ist denn noch?«

»Wir müssen Basti mitnehmen.«

Steffi ließ sich auf das kleine altdeutsche Telefonbänkchen fallen, das in unserer Diele steht. »Das darf doch wohl nicht wahr sein!«

»Wer ist denn Basti?«, fragte Friedhelm mit seinem üblichen intelligenten Gesichtsausdruck. »Noch ein neuer Partner?«

»Das ist ein kleiner Junge. Auf den passe ich manchmal auf. Aber der kann ganz nützlich sein. Er war nämlich gestern dabei, als ich die Höhle entdeckt habe.«

Steffi saß immer noch auf dem Bänkchen. »Muss das wirklich sein?«

»Ja. Ich habe es Frau Hansen schon in der vorigen Woche versprochen. Außerdem bin ich pleite.«

»Aber . . .«

»Ach lass doch«, unterbrach Kalle meine Schwester. »Solange wir ihn nicht wickeln müssen, stört er nicht.«

Ich wartete Steffis Antwort nicht mehr ab, sondern rannte gleich los, um Basti zu holen. Während Frau Hansen den Kram für ihn zusammensuchte, sah ich durch das Fenster, dass Steffi, Kalle und Friedhelm mit der rostigen Schaufel über der Schulter vor dem Haus warteten. So sauer konnte Steffi also nicht sein. Und über Kalle konnte ich mich nur noch wundern.

»Da, da!«, begrüßte Basti Kalle und Partner, als wir aus dem Haus kamen. Steffi sah ihn zwar skeptisch an, aber sie meckerte wenigstens nicht.

Wir nahmen den gleichen Weg wie Basti und ich, als wir die Höhle entdeckt hatten. Auf der kleinen Brücke, gleich hinter

Bauer Beckmanns Hof, blieb Friedhelm stehen, wuchtete die Schaufel von der Schulter, sah über das Brückengeländer ins Wasser und seufzte.

Steffi blieb stehen und sah sich nach ihm um. »Ist dir die Schaufel zu schwer, Friedhelm?«

»Nee, nee, ich musste nur gerade an etwas denken.«

»So? Woran denn?«

Inzwischen waren wir anderen auch zu Friedhelm zurückgegangen und standen um ihn herum.

»Jetzt sind wir fast so wie die Fünf Freunde.«

»Wie die fünf was?«

»Eh, Mann, eh! Kennst du die nicht? Das ist die berühmte Detektivbande. Über die gibt es jede Menge Bücher.«

»Was faselst du da?«, rief Kalle. »Sag mal, hast du einen romantischen Anfall, oder was? Wir sind echte Detektive, Mann. Fünf Freunde! Das ist doch Kinderkram!«

»Stimmt gar nicht! Nee, ehrlich, die sind wirklich fast so wie wir.«

»Wie wär's mit viereinhalb Freunde?«, grinste Steffi mit einem Blick auf Basti.

»Du bist total blöde, weißt du das? Außerdem fehlt uns noch ein Hund!«

»Wieso denn das?«, wollte Kalle wissen.

»Weil solche Detektivbanden immer einen Hund haben! Wisst ihr denn gar nichts?«

»Wir könnten ja den Hund von Frau Dubbe nehmen«, schlug Steffi vor. »Aber dann könntest du außer der Schaufel den auch noch schleppen.«

Friedhelm fand das nicht sehr lustig. Er nahm Kalles Familienerbstück wieder auf die Schulter. »Ihr werdet sehen, dass wir noch genauso viele Fälle lösen wie die Fünf Freunde. Dann werdet ihr kommen und mich auf Knien bitten euch etwas darüber zu erzählen.«

Er drehte sich um und marschierte vor uns her, ohne uns noch eines Blickes zu würdigen.

Wahrscheinlich wäre er noch stundenlang so weitergegangen, wenn ich ihn nicht zurückgerufen hätte. »He, Friedhelm, wir sind da!«

Im gleichen Augenblick hatte er vergessen, dass er beleidigt war. »Eh, Mann, eh! Tatsache? Wo ist die Höhle?«

»Wir müssen noch ein Stück in den Wald hinein.«

»Also los«, meinte Kalle. »Du gehst vor, Radieschen.«

Ich tat es. Ich muss zugeben, dass ich es richtig toll fand, dass die drei so brav hinter mir herliefen. Nun war ich gewissermaßen doch der Chef! Wenn ich Basti nicht hätte tragen müssen, wäre ich wahrscheinlich einen Umweg gegangen. So gut gefiel mir das.

»Da hinter den Büschen ist sie«, sagte ich, als wir fast schon davor standen.

Friedhelm reagierte am schnellsten. In hohem Bogen flog die Schaufel zwischen die Bäume, gleichzeitig stürzte er sich auf die Büsche. Er bog sie auseinander und steckte seinen Kopf in die Felsspalte.

»Man kann gar nichts erkennen.«, moserte er.

Steffi schob ihn beiseite. »Lass mal sehen.«

Friedhelm stand gehorsam auf. Steffi kniete sich vor das Loch und beäugte es von allen Seiten. Nach einer ganzen Weile stand sie auf und drehte sich zu uns um.

»Kein Wunder, dass du nichts gesehen hast, Friedhelm. Da ist nämlich nichts zu sehen. Die Höhle ist leer, außer ein paar Spinnweben vielleicht.«

Schatzsuche mit Hindernissen

Mit einem Sprung war Kalle an der Höhle. Er steckte den Kopf so weit vor, dass ich schon dachte, er würde darin verschwinden. Als sein Gesicht wieder zum Vorschein kam, hatte es rote Flecken. Ohne ein Wort zu sagen, stiefelte er an mir vorbei auf den Weg zu. Den Blick, den er mir dabei zuwarf, möchte ich lieber nicht beschreiben.

Das war doch nicht möglich! Ich setzte Basti ins Moos und überzeugte mich selbst. Sie hatten Recht! Die Felsspalte war leer. Ich konnte es nicht glauben. Ich hatte die Puppe und den Teddy genau gesehen!

Als sich meine Augen ein wenig an die Dunkelheit gewöhnt hatten, sah ich einen alten Fetzen Stoff auf dem Boden liegen. Wahrscheinlich hatten die Puppe und der Teddy darauf gesessen. Ich hob ihn auf, um ihn Kalle, Friedhelm und Steffi zu zeigen. Sie waren aber schon zwischen den Bäumen verschwunden. Ich wollte hinter ihnen her. Dabei stolperte ich wieder über die verflixten Steine. Beinahe wäre ich mit der Nase zuerst auf ihnen gelandet. Ich sah hoch und dachte, ich träume. Erst waren die Puppe und der Teddy verschwunden und nun das. Sollte Kalle etwa Recht gehabt haben? Gab es wirklich einen Schatz? Als ich nach ihr griff, um sie aufzuheben, zitterten meine Hände schlimmer als bei der letzten Mathe-Arbeit.

Ich nahm Basti auf den Arm und rannte los. Dass ich es bis zum Weg schaffte, ohne noch eine Bauchlandung zu machen, ist fast ein Wunder.

Kalle, Steffi und Friedhelm warteten schon auf mich.

Friedhelm hatte sogar die Schaufel wieder auf seiner Schulter. Ihre Gesichter waren nicht sehr freundlich.

Als Erstes verstaute ich Basti in seinem Buggy. Ich hätte sowieso nichts sagen können. Ich schnaufte, als hätte ich einen Marathonlauf hinter mir.

»Das war wohl nichts!«, schnauzte Kalle mich an. »Hast du uns veräppelt, oder was?«

»Habe ich nicht«, keuchte ich. »Die Puppe und der Teddy waren da, als ich die Höhle entdeckt habe. Ehrlich! Hier, den Stofffetzen habe ich gefunden. Aber . . .«

»Ach ja? Zeig mal her!« Kalle nahm den Fetzen, sah nur einmal kurz darauf und steckte ihn kurzerhand in seine Hosentasche. »Wer weiß, wo du den alten Lappen aufgesammelt hast. Erzähl mir lieber, wo die Puppe und der Teddy jetzt sind.«

»Weiß ich nicht. Aber . . .«

»Haben sie sich in Luft aufgelöst? Oder sind sie vielleicht zum Leben erwacht und weggelaufen?«

»Nun lass ihn doch erst mal ausreden!«, verteidigte mich meine Schwester.

»Na gut«, schnaufte Kalle. »Dann rede!«

Ich war immer noch völlig außer Atem. Außerdem hatte ich keine Erklärung für das, was passiert war. Also hielt ich, was ich die ganze Zeit über krampfhaft festgehalten hatte, Kalle unter die Nase.

»Mann! Was soll . . .«

Kalle blieb buchstäblich das Wort im Hals stecken. Er starrte nur noch auf meine Hand.

»Mensch, Radieschen! Ist die echt?«

Im gleichen Augenblick waren Friedhelm und Steffi bei uns.

»Wahnsinn!«, rief Steffi. »Eine Münze! Wo hast du die her, Radieschen? Lag die in der Höhle?«

»Davor. Nur ein paar Meter vom Eingang weg.«

»Die gehört bestimmt zu dem Schatz!«, schrie Friedhelm.

»Los, lasst uns noch mal hingehen. Vielleicht finden wir ja noch mehr davon.«

Bestimmt hätte er seine Schaufel gleich wieder weggeworfen, doch Kalle hielt ihn zurück.

»Langsam, Friedhelm. Zuerst müssen wir die Münze genau untersuchen.«

Bevor ich mich wehren konnte, hatte er sich die Münze gegriffen. Steffi nahm sie ihm gleich wieder weg. Sie untersuchte die Münze von allen Seiten. Sie drehte sie hin und her, hielt sie gegen die Sonne und wog sie in der Hand. Ich hätte mich nicht gewundert, wenn sie auch noch hineingebissen hätte.

»Die ist schwer! Wahnsinn! Viel schwerer als eine normale Münze. Und wie die glänzt! Die ist aus Gold. Ganz bestimmt ist die aus Gold!«

Kalle war weniger begeistert. »Steht da auch was drauf?«, fragte er leicht beleidigt. Dass Steffi ihm einfach so die Münze wegnehmen konnte, hatte wohl an seiner Detektivehre gekratzt.

Steffi sah noch einmal auf die Münze. »Ja, da steht was. Warte mal. Zehn Deutsche Reichsmark 1912 und ein eingeritzter Buchstabe, ein E oder ein F, glaube ich.«

»1912?«, rief Friedhelm. »Aber das ist ja viel früher als das Datum der Schatzkarte.«

»Ja und?«, meinte Kalle. »Trotzdem kann sie doch jemand später vergraben haben.«

Steffi schüttelte den Kopf. »Wenn das Kreuz auf der Karte die Höhle darstellen soll und das andere bedeutet, dass dort der Schatz vergraben ist, warum liegt die Münze dann vor der Höhle? Sie müsste doch an der Stelle liegen, an der das andere Kreuz eingezeichnet ist, oder?«

Kalle winkte ab. »Was weiß ich. Radieschen hat die Münze vor der Höhle gefunden. Also sehen wir auch erst einmal dort nach, ob wir noch etwas finden. Um das andere Kreuz können wir uns immer noch kümmern.«

»Wonach sollen wir denn suchen?«, wollte ich wissen.

»Nach einem Loch zum Beispiel, das erst kürzlich gegraben wurde, nach einem frischen Erdhaufen und so weiter und so weiter. Was man halt so findet, wenn irgendwo ein Schatz ausgegraben wurde. Aber irgendwie hoffe ich, dass wir so was nicht entdecken.«

»Wieso?«

»Mensch, weil der Schatz dann futsch ist! Du musst noch viel lernen, Radieschen.«

»Sag ich doch, dass wir hier nach dem Schatz suchen müssen!«, rief Friedhelm und schon stürmte er los. Kalle und Steffi liefen hinter ihm her.

»Und was ist mit der Puppe und dem Teddy!«, rief ich. Sie hörten es nicht. Wahrscheinlich interessierte es sie auch gar nicht. Sie hatten nur noch die Münze im Kopf. Ich griff mir Basti und machte mich wieder einmal auf den Weg zur Höhle. Ich zermarterte mir das Hirn, was es mit der Münze auf sich haben konnte. Und wo waren der Teddy und die Puppe? Es war unerklärlich! Wenn wir jetzt noch einen Schatz fänden, würde ich durchdrehen!

Wir fanden keinen Schatz. Unter jedem Busch haben wir nachgesehen, jeden Stein umgedreht. Friedhelm kroch sogar auf allen vieren auf dem Waldboden herum. Nichts.

»Es hat keinen Sinn«, sagte Kalle schließlich. »Hier ist kein Schatz. Lasst uns zum Weg zurückgehen.«

»Was machen wir jetzt?«, fragte ich unseren Chef, als wir wieder um Bastis Buggy herumstanden.

»Wir müssen an der Stelle suchen, wo das andere Kreuz auf der Karte eingezeichnet ist«, antwortete Steffi für ihn.

»Also gut«, brummte Kalle. »Gib mal die Karte her, Radieschen.«

Zum dritten Mal an diesem Tag kramte ich in meinem Brustbeutel. Er sah sich den eingezeichneten Weg noch einmal genau an. »Ist doch einfach. Wenn dieses Kreuz hier die Höhle ist und das andere Kreuz der Schatz, dann müssen wir den Weg, den wir gekommen sind, nur weitergehen. Kapiert?«

Steffi, Friedhelm und ich sahen auf die Karte und nickten. »Das erste Zeichen nach dem Kreuz sieht aus wie ein Baum«, meinte Steffi. »Also müssen wir auf einen besonderen Baum achten.«

Der Baum war nicht schwer zu finden. Er war riesig und musste uralt sein. Nicht ein Blatt war mehr daran. Auch die anderen Zeichen auf der Karten waren, wenn man sie erst einmal in der Realität sah, leicht zu entschlüsseln: eine große Lichtung, ein Teich und ein alter Marien-Altar an einer Wegkreuzung. Bei jedem der Zeichen, das wir entdeckten, jubelten wir, als hätten wir schon den Schatz gefunden.

Den Weg, den wir gingen, kannte ich. Es war genau die Runde durch den Wald, die ich immer mit Basti machte. So kamen wir auch schließlich zum Waldrand und standen am Ende unserer Straße.

»Jetzt sind nur noch die Zahlen übrig: Neunzig Schritte geradeaus und zwanzig Schritte nach rechts!« Und schon lief sie los.

Plötzlich blieb sie wieder stehen. Sie kam zu mir und rupfte an meinem Ärmel herum. »Weißt du, wo unser Schatz liegt?«

»Nee, wieso? Wo denn?«

»Eh, Mann, eh! Was ist los? Warum kommt ihr nicht?«, rief

Friedhelm. Er war mit seiner Schaufel schon wieder zu weit gelaufen.

»Komm her!«, brüllte Kalle zurück. »Hier stimmt was nicht.« So schnell habe ich Friedhelm selten laufen sehen.

»Was ist los?«, japste er, als er bei uns angekommen war.

»Siehst du das Haus da?«

»Das Haus von Frau Dubbe«, antwortete ich für Friedhelm.

»Genau. Bis zu dem Haus sind es höchstens noch fünf Schritte.«

»Und?«, fragte Kalle.

»Nach der Karte sind bis zu dem Kreuz aber noch fünfzehn Schritte übrig.«

»Dann liegt der Schatz im Garten eurer Nachbarin?«

»Stimmt auffallend.«

»Ist das nicht die Gewitterhexe, die dauernd an allem herummeckert?«

»Allerdings«, seufzte Steffi.

»Und?«

»In den Garten gehe ich nicht!«, rief ich. »Ich bin doch nicht lebensmüde!«

»Eh, Mann, eh! So schlimm wird es doch wohl nicht sein. Schließlich ist sie keine richtige Hexe.«

»Das kann man nie so genau wissen«, meinte Steffi. Ich konnte ihr nur zustimmen.

»Hast du dich auch nicht verzählt?«, fragte Kalle vorsichtig nach.

»Kannst es ja nachprüfen, wenn du mir nicht glaubst!«

Wir prüften es nach. »Vorsichtshalber«, wie Kalle meinte. Allerdings sah er Steffi dabei nicht an. Meine Schwester hatte sich nicht verzählt. Das Kreuz auf der Karte zeigte die linke hintere Ecke von Frau Dubbes Garten.

»Eh, Mann, eh! Was sollen wir jetzt machen?«

»Ganz klar. Wir beraten die Lage«, verkündete unser Chef.

»Und wo?«

»Bei Steffi und Radieschen.« Er sah sich zu Steffi um.

»Geht das?«, fragte er gerade noch rechtzeitig.

Steffi schnaufte. »Na gut, meinetwegen. Aber die Schaufel bleibt draußen!«

Friedhelm stellte sie mit lautem Geklimper auf den Bürgersteig. »Nichts ist mir lieber. Und wohin damit?«

»Du kannst sie bei uns in den Vorgarten stellen. Da stört sie niemanden.«

Mama streckte den Kopf aus der Küche, als wir hereinkamen. »Hallo, Kinder. Habt ihr viele schöne Schätze gefunden?«

»Warum hast du nicht gleich eine Zeitungsanzeige aufgegeben?«, zischte Kalle mir zu, als wir die Treppe hinaufgingen.

Steffi schlug vor die Lagebesprechung, wie Kalle sich ausgedrückt hatte, in ihrem Zimmer abzuhalten. »Vielleicht können wir meinen Computer gebrauchen«, hatte sie gemeint.

Wir setzten uns auf Steffis Bett und die beiden kleinen Sessel.

»Hast du nichts zu trinken? Meine Kehle fühlt sich an wie die Sahara von der ganzen Schlepperei«, stöhnte Friedhelm.

Wir holten Limo und Gläser aus der Küche, gaben Basti sein Teefläschchen und ein Comic-Heft und machten es uns gemütlich. So fand ich es richtig toll, Detektiv zu sein.

Kalle räusperte sich wichtig. »Also, beginnen wir mit unserer Lagebesprechung.«

»Lagebesprechung! So ein Schwachsinn!«, rief Friedhelm dazwischen. »Wir gehen runter in den Garten, buddeln den Schatz aus und fertig.«

Kalle schlug sich mit der flachen Hand vor die Stirn, dass es klatschte. »Mensch, Friedhelm, wenn Blödheit quietschen würde, müsstest du den ganzen Tag mit ’ner Ölkanne herumlaufen. Wenn wir einfach so in den Garten gehen und die Dubbe uns überrascht, schreit sie doch bestimmt die ganze Nachbarschaft zusammen. Dann kommen sie alle angelaufen und fragen uns, was wir da zu graben haben. Und was sagst du dann. Na, was sagst du dann?«

»Ist ja schon gut«, schmollte Friedhelm, »aber das mit der Ölkanne hättest du auch nicht sagen müssen.«

»Na gut. Entschuldigung. Also machen wir jetzt einen Plan, wie wir an den Schatz herankommen?«

Wir hatten nichts dagegen.

»Gut. Dann höre ich Vorschläge.«

Er hörte keine Vorschläge, weil uns nämlich nichts Gescheites einfiel.

Friedhelms Idee Frau Dubbes Hund zu entführen, um sie so aus dem Haus zu locken, wurde abgelehnt. Auf den Waldi passte sie besser auf als ich auf die Goldmünze.

»Wie wäre es, wenn wir sie einfach fragen?«, schlug unser Chef selber vor.

»Hast du eine kugelsichere Weste?«, erwiderte Steffi. Damit war dieser Vorschlag auch erledigt.

»Ich glaube, jetzt weiß ich, was wir machen«, meinte Kalle. »Dein Vorschlag war gar nicht so schlecht, Friedhelm.«

»Siehst du? Von wegen Ölkanne!«

»Den Hund können wir nicht entführen«, grübelte Kalle weiter, ohne sich um Friedhelms Bemerkungen zu kümmern. »Aber wir könnten sie doch sonst irgendwie ablenken.«

»Irgendwie?«, fragte Steffi. »Was heißt das?«

»Das weiß ich noch nicht so genau. Habt ihr denn keine Idee, worauf sie garantiert reagiert?«

»Auf Lärm!«, riefen Steffi und ich gleichzeitig.

»Eh, Mann, eh! Jetzt weiß ich's. Einer von uns macht vor dem Haus so viel Lärm, dass sie herauskommt und hinter ihm herläuft. In der Zwischenzeit können die anderen in Ruhe im Garten den Schatz ausgraben.«

Kalle sah Friedhelm an. »Das mit der Ölkanne nehme ich zurück, Friedhelm.«

»Sag ich doch.«

»Und wer soll den Lärmvogel spielen?«, wollte ich wissen.

»Am besten wäre, einer von euch beiden. Euch kennt sie.«

»Und wer von uns?«

»Du, das ist doch wohl klar.«

Natürlich! Das hätte ich mir denken können. »Steffi kann aber viel schneller rennen als ich«, gab ich zu bedenken.

»Wie wäre es, wenn wir beide es machten«, schlug Steffi vor.

»Wir machen zusammen Lärm. Das kennt sie.«

»Hat jemand Einwände?«, fragte Kalle.

Die hatte ich zwar, wenn ich an Frau Dubbe dachte, aber ich blieb still. Schließlich war mir auch nichts Besseres eingefallen.

Als wir in der Diele waren, riefen wir in die Richtung, in der wir Mama vermuteten, dass wir nach draußen zum Spielen gingen. Das zu sagen, ist immer ganz gut. Da freuen sich die Eltern und schöpfen keinen Verdacht.

Bevor wir hinausgingen, wiederholte Kalle noch einmal leise den Angriffsplan von Operation Hexenjagd, wie er unser Ablenkungsmanöver genannt hatte. »Also, Friedhelm und ich schleichen um euer Haus herum und dringen von hinten in den Garten ein. Steffi und Radieschen gehen auf die Straße vor das Haus und machen Lärm. Was wollt ihr denn machen?«

»Am meisten hasst sie Fußballspielen und Schreien«, antwortete ich ihm.

»Ich hole den Ball!«, rief Steffi.

Während sie in den Keller flitzte, setzte ich Basti in seinen Buggy. Er konnte uns beim Fußballspielen zusehen. Hoffentlich bekam er keine Angst, wenn wir uns dabei gegenseitig anschrien. Ich drückte ihm zur Sicherheit einen Keks in die Hand.

Die Schaufel lag noch in unserem Vorgarten. Friedhelm griff sie sich und schlich mit Kalle den kleinen Weg entlang, der zwischen den Häusern hindurch hinter die Gärten führt. Steffi und ich gingen nach vorne auf die Straße, als würden wir tatsächlich Fußball spielen wollen. Ich schob Bastis Buggy ganz dicht an die Hecke, damit er nicht im Weg stand. Wir schossen uns gegenseitig den Ball zu und schrien uns dabei fast die Kehle aus dem Hals. »Kannst du denn nicht aufpassen, du Blödmann?« und »Wo schießt du denn hin, du Pfeife!« und »Tor! Tor!« und »Bist du blind? Das war niemals ein Tor!« Basti sah von einem zum anderen und schrie auch noch begeistert dazwischen.

Bei dem Lärm mussten wir nicht lange warten, bis wir einen Schatten am Fenster entdeckten. Die Blümchengardine wurde beiseite geschoben und Frau Dubbes spitze Nase kam zum Vorschein. »Mit der Nase kann sie einen Luftballon zerplatzen lassen«, hatte Steffi einmal gesagt.

Weil ich schräg mit dem Rücken zu dem Fenster stand, konnte ich Frau Dubbe nur aus den Augenwinkeln beobachten. Dafür spürte ich ihre Blicke auf meinem Rücken. Sie bohrten sich durch meine Jacke und mein T-Shirt bis auf meine Haut. So mussten sich Hänsel und Gretel gefühlt haben, als sie der Lebkuchen-Oma auf den Leim gegangen sind. Ich dachte, dass ich mich nicht wundern müsste, wenn Kalle und Friedhelm einen Stall und einen Backofen im Garten finden würden. Überhaupt war ich gespannt darauf, was die beiden erzählten. Ich wusste nicht, wie es im Garten von Frau Dubbe aussah. Kurz nachdem sie eingezogen war, hatte sie den ganzen Garten mit Sichtschutzwänden aus Holz eingezäunt. Die waren mindestens zwei Meter hoch. Von unserem oberen Zimmer aus konnten wir auch nichts sehen. Dort versperrte ein hoher dichter Nadelbaum die Sicht.

Mir wurde langsam heiß. Erstens ist Fußballspielen und gleichzeitig schreien ziemlich anstrengend und zweitens glühten noch die Blicke von Frau Dubbe auf meinem Rücken.

Endlich öffnete sie das Fenster und ließ ihre übliche Schimpfkanonade ab: »So geht das aber nicht. Hier wohnen auch noch andere Leute, die ein Recht auf Ruhe haben! Ist das etwa die Erziehung eurer Eltern? Hier geht es ja zu wie im Kindergarten!« Das sagt sie öfter zu uns. Ich glaube, dass für Frau Dubbe ein Kindergarten der schrecklichste Platz auf der Welt ist, weil es dort eine Menge Kinder gibt, die viel Lärm machen. Sie sollte mal zu uns in die Schule kommen.

Gerade wollten Steffi und ich noch ein paar freche Bemerkungen loslassen, da sahen wir eine Schaufel um die Ecke kommen. Steffi warf den Ball in unseren Vorgarten, ich nahm den Buggy von Basti und wir rannten Kalle und Friedhelm hinterher. Sie rasten los, als wäre Frau Dubbe hinter ihnen her. Erst am Ende unserer Straße holten wir sie ein.

Wir mussten erst einen Augenblick verschnaufen, bevor wir etwas sagen konnten.

»Was ist los? Habt ihr den Schatz gefunden?«, keuchte Steffi.

»Nicht ganz«, keuchte Friedhelm zurück. »Mensch, ist diese blöde Schaufel schwer. Und alles umsonst.«

»Nicht ganz? Umsonst? Was soll das heißen?«

»Dass wir den Schatz nicht haben«, antwortete Kalle für Friedhelm. »Das ist doch wohl klar.«

»Was war denn in dem Garten?«, wollte ich endlich wissen.

»Ein Stall.«

Ich dachte, ich höre nicht richtig. »Ein Stall?«

»Stall ist übertrieben«, meinte Kalle. »Es ist eher so ein Kaninchenverschlag. Da saßen zwei Mümmelmänner drin und haben uns angeglotzt wie die Weltwunder.«

»Genau«, fuhr Friedhelm fort. »Und neben diesem Stall ist ein riesiger Berg Brennholz aufgestapelt.«

Mir fiel ein, dass Frau Dubbe damit angegeben hatte, dass sie sich einen offenen Kamin hatte einbauen lassen.

»Und weiter?«

»Ganz einfach. Nach unseren Berechnungen muss der Schatz genau unter diesem Brennholz-Stapel liegen. Da kommen wir nicht ran!«

Geheime Ermittlungen im Rathaus

»Sollen wir jetzt aufgeben?«, fragte ich.

»Aufgeben? Spinnst du, Radieschen? Jetzt ist erst einmal eine neue Lagebesprechung fällig.«

Wir versuchten zu unserem Haus zu schleichen, ohne dass Frau Dubbe uns sehen konnte. Zum Glück war die Luft rein. Das Fenster war geschlossen und die Blümchengardine hing wie immer in einwandfreien Falten davor.

Friedhelm warf die Schaufel in den Garten und wir gingen ins Haus. Wir setzten uns wieder in Steffis Zimmer, wie bei der ersten Lagebesprechung. Sogar Basti bekam wieder dasselbe Comic-Heft. Nur war es nicht ganz so gemütlich wie beim ersten Mal. Wir saßen sogar ziemlich bedrückt herum.

»Hast du nichts zu essen?«, fragte Friedhelm. »Bei dem vielen Herumgerenne bekommt man einen ganz schönen Hunger. Und Durst habe ich auch.«

Ich holte ein neue Flasche Limo und zwei Tafeln Schokolade aus dem Wohnzimmerschrank. Zum Glück war Mama in der Küche. Nachdem wir uns gestärkt hatten, stieg die Stimmung gleich wieder.

»Also«, sagte unser Chef, »fassen wir wieder zusammen, welche Probleme wir haben.«

»Mach du das«, grinste Steffi. »Du kannst das am besten.«

»Äh, ja, gut«, stotterte Kalle. Es ist wirklich toll. Steffi muss nur eine Bemerkung machen und der große Kalle ist vollkommen durcheinander.

»Am besten, du fängst mit ›also‹ an«, setzte Steffi noch eins drauf.

»Wie? Ach, nun hör schon auf, Steffi. Also – ich meine, wir haben die Höhle gefunden, aber den Teddy und die Puppe waren weg. Dann haben wir entdeckt, wo der Schatz versteckt ist, aber wir kommen nicht an ihn heran. Außerdem wissen wir nicht, was dieser Schatz überhaupt ist. Wir haben zwar die Goldmünze, aber die lag vor der Höhle. Ich frage mich, ob eure Nachbarin den Schatz selber unter ihrem Holzstapel versteckt hat.«

Steffi schüttelte den Kopf. »Glaube ich nicht. Die ist gleichzeitig mit uns hierher gezogen. Bestimmt hat sie keine Ahnung, was da in ihrem Garten liegt.«

»Du hast Recht«, meinte Kalle, »so kommen wir nicht weiter. Wir müssen jemanden fragen, der weiß, wer hier früher gewohnt hat.«

»Meine Großeltern«, schlug Steffi vor. »Die haben früher in dieser Gegend gewohnt.«

»Und warum sind sie weggezogen?«, wollte Friedhelm wissen.

»Keine Ahnung. Das können wir sie ja fragen.«

»Deine Großeltern sollten wir noch aus dem Spiel lassen«, unterbrach Kalle Steffi.

»Wieso?«

»Zu gefährlich. Ich finde es schon nicht gut, dass ihr eure Eltern eingeweiht habt. Wenn wir jetzt auch noch bei Oma und Opa aufkreuzen, schöpft garantiert irgendeiner Verdacht. Und ihr wisst ja, wie es ist, wenn Erwachsene erst einmal anfangen neugierige Fragen zu stellen.«

»Also, was schlägst du vor, großer Meister?«

»Wir sollten erst einmal die Leute verhören, die nicht gleich nach dem Warum und Wieso fragen. Wenn das nichts bringt, können wir uns immer noch überlegen, ob wir deine Großeltern besuchen.«

»Welche Leute meinst du denn?«, wollte ich wissen.

»Offizielle, sozusagen.«

»Eh, Mann, eh! Polizei oder so?«

»Na ja, zur Polizei müssen wir ja nicht gleich rennen. Ich dachte eher ans Rathaus. Die sammeln doch immer Akten über alles Mögliche.«

»Und wohin da? Das Rathaus ist groß.«

»Was weiß ich? Wir fragen uns eben durch.«

»Und wenn sie uns nichts sagen?«

Wir konnten uns mit Friedhelms Problemen nicht mehr beschäftigen, weil wir plötzlich ein fürchterliches Geschrei aus dem Erdgeschoss hörten. Es war Papa.

»Wer hat dieses Monstrum in den Vorgarten gelegt?«, brüllte er durch das Haus. Er meinte uns. Das war klar.

»Lasst uns lieber schnell hinuntergehen und das Ding wegräumen, bevor er total ausflippt«, meinte Steffi.

Papa stand in der Diele. Er hatte Kalles Familienerbstück in der Hand und schnaubte vor Wut.

»Gehört euch dieses Ding?«

»Ja, Papa«, sagte ich. »Wir haben damit Schatzsuche gespielt, im Garten.«

»Im Garten? Ihr werdet doch wohl nicht in meinem Garten herumgebuddelt haben?«

»Nein, bestimmt nicht, Herr Rademacher!«, rief Kalle. »Wir wollten auch gerade gehen. Und die Schaufel nehmen wir gleich mit!«

Friedhelm rannte hinter Kalle die Treppe herunter. »Ich muss auch nach Hause. Also dann, tschüs! Bis morgen in der Schule!«

So schnell wie an diesem Tag hatten sich die beiden noch nie verzogen.

Bis zum Abendessen war Papa wieder einigermaßen friedlich. Er meckerte noch nicht einmal, als er merkte, dass ich wieder auf Basti aufgepasst hatte. Der war inzwischen selig über seinem Comic-Heft eingeschlafen.

Beim Frühstück hatte Papa wieder einmal darauf bestanden, dass ich mir mein morgendliches Butterbrot hinunterwürgte. Darum waren Steffi und ich spät aus dem Haus gekommen. Kalle und Friedhelm erwarteten uns schon mit vorwurfsvollen Blicken am Schultor. »Taucht ihr auch noch mal auf? Ihr wisst doch, dass heute eine Menge Arbeit auf uns wartet.«

»Reg dich ab«, erwiderte Steffi. »Radieschen hat so lange für sein Frühstück gebraucht.«

Ich wollte protestieren, aber Kalle ließ mich nicht.

»Lasst uns nun über wichtige Dinge reden«, blähte er sich auf. »Wir müssen noch besprechen, wann wir uns heute treffen, um ins Rathaus zu gehen.«

»Arbeiten die überhaupt nachmittags?«, fragte Friedhelm.

»Alles schon nachgeprüft, Partner. Heute Nachmittag ist geöffnet.«

Wenn Kalle sich noch mehr aufblies, würde er platzen. Gerade, als ich ihm das sagen wollte, schlug mir jemand auf den Rücken, dass mir die Luft wegblieb.

»Na, ihr Meisterdetektive? Löst ihr wieder das perfekte Verbrechen?«

Wieder war es Sascha, der Chef der Saurier, der sich angeschlichen hatte, ohne dass wir es bemerkt hatten.

»Du spielst mit deiner Rente, weißt du das?«, fauchte Kalle ihn an.

»Spiel dich bloß nicht so auf«, grinste Sascha zurück.

»Seid ihr immer noch hinter einem Schatz her? Den findet ihr sowieso nicht. Wetten?«

Wir waren so verdattert, dass niemand von uns etwas sagen konnte, noch nicht einmal Kalle.

»Eh, Mann, eh! Wie hat der das gemeint?«, rief Friedhelm, als Sascha schon wieder bei seinen Bandenfreunden stand.

Kalle schüttelte den Kopf. »Keine Ahnung. Aber das gefällt mir nicht. Das gefällt mir überhaupt nicht.«

Leider hatte es schon zum zweiten Mal geschellt und wir mussten in die Klasse. Saschas Bemerkung ging mir nicht mehr aus dem Kopf. Sollte Kalle vielleicht doch Recht damit gehabt haben, dass die Saurier die Puppe und den Teddy aus der Höhle geholt hatten? Aber was hatten sie mit der Münze zu tun? Ich konnte mir nicht vorstellen, dass einer von ihnen so was Wertvolles besaß. Die ganze Geschichte wurde immer undurchsichtiger.

Die anderen waren auch nicht schlauer als ich. Soviel wir auch in den Pausen darüber redeten, wir konnten uns nicht erklären, was Sascha mit seiner Bemerkung gemeint hatte. »Lasst uns erst mal ins Rathaus gehen«, meinte Kalle schließlich. »Vielleicht finden wir ja etwas heraus, was uns weiterhilft.«

Zum Glück hatten die Lehrer an dem Tag Erbarmen mit uns, was Hausarbeiten betraf. So kamen Steffi und ich ohne Probleme aus dem Haus, um zum vereinbarten Zeitpunkt am Rathaus zu sein. Wir waren sogar etwas zu früh dort. Kalle und Friedhelm ließen aber nicht lange auf sich warten.

Unser Chef übernahm gleich wieder das Kommando: »Lasst uns gleich hineingehen und mit der Arbeit anfangen.«

In der Empfangshalle steuerte er wie selbstverständlich auf die Pförtnerloge zu. Ich war gespannt, was er sagen wollte. Andererseits war es mir egal, solange ich es nicht tun musste. Wir standen schon eine Weile vor der Glasscheibe, als uns der Pförtner bemerkte. Er öffnete die kleine Sprechluke. »Ja?«

»Guten Tag«, begann unser Chef.

»Tag. Was wollt ihr?«

»Tja, das ist gar nicht so einfach zu erklären.«

Der Pförtner zog eine Augenbraue hoch. »Versuch's einfach, Kleiner. Vielleicht verstehe ich es ja.«

Es gibt Erwachsene, die können einem wirklich Mut machen. Steffi schob Kalle beiseite.

»Wir müssen einen Aufsatz für die Schule schreiben«, log sie.

»So, so. Und?«

»Es geht darum, wie es früher in unserer Stadt gewesen ist.«

»Früher? Was heißt früher?«

»Gleich nach dem Krieg.«

»Aha. Und was wollt ihr da wissen? Wie es hier ausgesehen hat? Das könnte ich euch nämlich auch erzählen. Schlimm hat es hier ausgesehen. Ich war damals . . .«

»Nein, nein!«, unterbrach Kalle ihn. »Es geht mehr darum, wer in unserem Stadtteil gewohnt hat.«

Der Pförtner kratzte sich an seinem Kinn. »Na ja, dafür ist eigentlich das Einwohnermeldeamt zuständig. Aber ich glaube nicht, dass die euch etwas sagen werden. Etwas über andere Leute zu verraten ist nämlich verboten – jedenfalls hier im Rathaus.«

»Wir versuchen es einfach!«, strahlte Steffi ihn an. »Wo ist denn dieses Amt?«

Der Pförtner zuckte mit den Schultern. »Meinetwegen. Mir kann es ja egal sein. Zimmer 101.«

Wir überließen es Kalle herauszufinden, wo Zimmer 101 war. »Das kann ja heiter werden, wenn das so weitergeht«, flüsterte mir Friedhelm zu, als wir einen langen Flur entlang hinter Kalle herhetzten. Er sollte Recht behalten.

Der Eingang zu Zimmer 101 war eine riesige Flügeltür. Dahinter waren Stimmen und Schreibmaschinengeklapper zu hören. Es war nicht sehr einladend. Ich hatte entsprechendes Herzklopfen, als wir hineingingen. Drinnen standen wir vor einer Theke, die so hoch war, dass selbst Kalle Mühe hatte darüber hinwegzusehen.

Eine ältere Frau mit grauen Haaren und Knötchenfrisur beugte sich zu uns herunter.

»Was kann ich für euch tun, Kinder?«, fragte sie freundlicher, als sie auf den ersten Blick ausgesehen hatte.

Steffi erzählte ihr die Aufsatz-Geschichte. Zum Schluss setzte sie noch ein »Ach, bitte, helfen Sie uns« drauf.

»Es tut mir wirklich Leid, Kinder«, sagte die Frau mit Knötchenfrisur. »Solche Auskünfte darf ich euch nicht geben.«

»Wenn Sie uns nicht helfen, bekommen wir bestimmt eine Fünf!«, rief Friedhelm.

Ich hatte Angst, dass das leicht übertrieben war. Doch es wirkte!

Die freundliche Frau sah uns mitleidig an und seufzte: »Wo wohnt ihr denn?«

Wir sagten ihr unsere Adresse. Sie sah sich einmal um, ob uns jemand beobachtete, und begann gleich auf ihrem Computer herumzutippen.

»Mal sehen«, erzählte sie dem Bildschirm. »Ich sehe erst einmal nach. Versprechen kann ich euch nichts, denn eigentlich ist es nicht erlaubt, was ich hier tue. Aber das sagte ich euch ja schon.«

Steffi machte einen langen Hals, um ja nichts zu verpassen.

»Über welche Zeit, habt ihr gesagt, müsst ihr euren Aufsatz schreiben?«, fragte die Knötchen-Frau plötzlich.

»Über die Zeit gleich nach dem Krieg«, antwortete ihr Steffi.

»Tja, dann kann ich euch nicht helfen, selbst wenn ich wollte.«

»Wieso?«

»Weil es die Straße, die ihr mir eben genannt habt, erst seit ein paar Jahren gibt.«

Kalle schlug sich mit der Hand vor die Stirn. »Mensch, sind wir blöde! Natürlich hat es unsere Straße damals noch nicht gegeben! Bevor unsere Häuser gebaut wurden, gab es da nur Wiesen. Das haben meine Eltern jedenfalls gesagt.«

»Hat denn nach dem Krieg überhaupt jemand in der Gegend gewohnt?«, wollte die Frau wissen.

»Klar! Das weiß ich genau. Das waren zwar nicht viele, aber ein paar haben bestimmt da gewohnt.«

»Wisst ihr denn, wie die Straßen hießen, die es damals dort gab?«

Wir sahen uns an. Natürlich hatte keiner von uns einen blassen Schimmer.

Die Frau lächelte uns an. »Das solltet ihr schon wissen, wenn ich euch helfen soll.«

»Und was sollen wir jetzt machen?«, fragte ich sie.

»Versucht herauszufinden, welche Straßen es dort gab. Dann kommt ihr wieder und ich sehe, was ich für euch tun kann.«

Wir taten ihr Leid. Das war eindeutig. Die Gelegenheit war also günstig noch mehr zu erfahren.

»Wo könnten wir das denn herausfinden?«, fragte ich sie deshalb.

»Versucht es doch im Katasteramt. Am besten ihr fragt nach Herrn Lautenbach. Der ist nett. Bestellt ihm einen schönen Gruß von mir. Zimmer 216.«

Wir bedankten uns brav und machten uns auf den Weg zu Zimmer 216. Kalle übernahm wieder die Führung.

An der Tür zu Zimmer 216 hing ein Schild mit der Aufschrift »Bitte vor dem Eintreten anklopfen!«

Das war kein gutes Zeichen.

Wir klopften. Drei Mal. Als wir immer noch kein »Herein« hörten, öffnete Steffi die Tür und ging als Erste hinein. Am Fenster stand ein Mann, mit dem Rücken zu uns, und werkelte mit der Gießkanne an Topfblumen auf der Fensterbank herum.

»Könnt ihr nicht anklopfen?«, meckerte er uns an.

»Aber das haben wir!«, rief Friedhelm.

»Aha. Und? Was wollt ihr?«

»Sind Sie Herr Lautenbach?«, fragte Kalle.

»Nein, Herr Lautenbach ist nicht da. Seid ihr Verwandte von ihm?«

»Nee, das nicht, aber wir müssen einen Aufsatz darüber schreiben, wie es kurz nach dem Krieg in der Gegend war, in der wir wohnen«, erzählte Steffi zum dritten Mal. »Und da wollten wir wissen, welche Straßen es damals dort gegeben hat.«

»Wollt ihr etwa Einsicht in die Unterlagen des Amtes nehmen?«

»Nein, nein«, versuchte es Friedhelm. »Wir wollten nur mal gucken.«

»Gucken!«, rief der Mann mit der Gießkanne entrüstet. »Soweit kommt es noch!«

Ich wäre am liebsten weggelaufen, doch in dem Augenblick öffnete sich die Tür und ein älterer dicker Mann schob seinen Bauch herein.

»Ah, da seid ihr ja schon«, rief er.

Der Mann mit der Gießkanne sah den Dicken entsetzt an. »Kennen Sie die etwa, Herr Lautenbach?«

»Nein. Jedenfalls noch nicht. Aber ich habe die nette Kollegin Stubbs vom Einwohnermeldeamt auf dem Flur getroffen. Wissen Sie, die immer diese seltsame Frisur hat, die aussieht wie ein Vogelnest. Sie hat mir erzählt, dass ein paar Kinder kommen, die etwas über die Nachkriegszeit wissen wollen.«

»Sie wollen Einsicht in unsere Unterlagen nehmen!«, regte sich die Gießkanne wieder auf.

»Immer mit der Ruhe, Herr Kollege«, grinste Herr Lautenbach. »Wie wäre es, wenn Sie eine kleine Pause einlegten. Trinken Sie einen Kaffee in der Kantine. Ich mache das hier schon.«

»Aber Herr Lautenbach! Sie wollen doch nicht etwa . . .«

»Das lassen Sie mal meine Sorge sein. Kümmern Sie sich einfach nicht darum.«

»Sie müssen ja wissen, was Sie tun, Herr Lautenbach!«

Er stellte seine Gießkanne mit einem lauten Knall auf den Schreibtisch und stapfte aus dem Zimmer.

»Ist der immer so?«, fragte Friedhelm.

»Ja. Es dauerte eine Weile, bis man sich an ihn gewöhnt. Zum Glück hat er heute keine schlechte Laune. Dann ist er nämlich unerträglich.«

»Helfen Sie uns denn?« fragte Kalle.

»Na ja. Mal sehen. Wenn ich meine Kollegin richtig verstanden habe, wollt ihr etwas über die Gegend um Bauer Beckmanns Hof wissen.«

»Kennen Sie den?«, rief ich.

»Allerdings. Ich habe selbst dort einmal gewohnt. Ich kam kurz nach dem Krieg als sehr junger Mann hierher. Ich war wohl nicht sehr viel älter als ihr. Der alte Bauer Beckmann hat mich damals bei sich aufgenommen.«

»Dann wissen Sie ja auch, welche Leute zu der Zeit da gewohnt haben!« Kalle zappelte vor Aufregung.

»Natürlich weiß ich das. Viele waren es allerdings nicht. Nur ein paar alteingesessene Familien. Von denen wohnt jetzt allerdings niemand mehr dort. Die Häuser waren schon ziemlich alt und wurden abgerissen, als die neue Siedlung dort gebaut wurde.«

»Ist denn keine Familie vorher ausgezogen?«, fragte Steffi. »Vielleicht weil sie ganz plötzlich reich geworden ist?«

»Reich?«, lachte Herr Lautenbach. »Nein, reich war von den Leuten niemand. Ich weiß das genau, weil ein guter Freund von mir dort gelebt hat. Sie sind alle dort wohnen geblieben, weil die Miete sehr billig war. Erst als die Häuser abgerissen wurden, sind sie ausgezogen. Einige sind ins Altersheim gegangen oder zu ihren Kindern oder sie haben von der Stadt in einem anderen Stadtteil billige Wohnungen bekommen.«

»Ist denn überhaupt nichts Ungewöhnliches passiert?«, versuchte es Kalle noch einmal. »Irgendeine geheimnisvolle Begebenheit?«

»Begebenheit? Geheimnisvoll? Hmm. Das wüsste ich. – Das heißt, wartet mal. Jetzt, wo ihr es sagt. Da war etwas. Ich habe damals noch bei Bauer Beckmann gewohnt.«

»Tatsächlich?«, schrie Kalle. Er hätte Herrn Lautenbach fast angesprungen.

»So geheimnisvoll war es nun auch wieder nicht«, sagte Herr Lautenbach. »Ich kann mich daran erinnern, dass eine Familie ziemlich plötzlich ausgezogen ist. Niemand wusste genau warum, und auch nicht, wohin sie gegangen sind. Wenn jemand sie gefragt hat, wollten sie nicht so recht darauf antworten. Sie sagten nur, dass es persönliche Gründe wären.«

Kalle kramte in seiner Tasche und holte einen kleinen Notizblock und einen Kugelschreiber heraus.

»Würden Sie uns auch sagen, wie die Leute hießen?«

»Warte mal – es liegt mir auf der Zunge. Sie hatten einen kleinen Sohn, das weiß ich noch. – Jetzt hab ich's! Rademacher. Sie hießen Rademacher!«

Mittagessen mit Überraschungen

Als wir nach draußen kamen, setzten wir uns erst einmal auf eine der Bänke, die überall auf dem Rathausplatz herumstehen. »Kann es sein, dass deine Großeltern einen Schatz vergraben haben?«, fragte Friedhelm mich. »Sind die so reich?«

Ich schüttelte den Kopf. »Überhaupt nicht. Sie sind ganz normale Rentner.«

Kalle sah mich an. »Trotzdem sind sie die Einzigen, die bis jetzt als mögliche Täter in Frage kommen.«

Täter! So ein Quatsch! Oma und Opa waren doch keine Verbrecher. Am liebsten hätte ich Kalle die Meinung gesagt. Aber ich konnte es nicht. In meinem Kopf drehte sich alles. Erst die Höhle, die Puppe, der Teddy, dann die Münze und nun auch noch das! Ich kapierte überhaupt nichts mehr. Wo sollte das alles noch enden? Kalle und Friedhelm sahen mich an, als wollten sie in meinem Gesicht ablesen, was Oma und Opa mit der Höhle zu tun hatten. Warum guckten sie nur mich an und nicht Steffi? Und dann machte die sich auch noch aus dem Staub. Sie stand einfach auf und ging weg.

»He, wo willst du hin?«, rief ich ihr nach. Doch sie lief einfach weiter, ohne sich umzudrehen.

»Eh, Mann, eh! Was hat sie denn?«

»Wahrscheinlich war das alles zu viel für sie.«

»Bist du eigentlich noch ganz dicht in der Birne?«, schrie ich Kalle an. »Du tust ja so, als wären meine Großeltern Schwerverbrecher!«

»Ach! Quatsch! Warum bist du denn plötzlich so empfindlich? Du musst doch zugeben, dass die Indizien . . .«

»Ach, du bist ja bescheuert«, unterbrach ich ihn, verschränkte meine Arme vor der Brust und sagte gar nichts mehr. Es dauerte nicht lange, da tauchte Steffi wieder auf. Sie grinste über das ganze Gesicht.

»Warum freust du dich denn so?«, fragte Friedhelm sie.

»Weißt du, was deine Großeltern mit dem Schatz zu tun haben?«

Steffis Grinsen wurde breiter. »Noch nicht.«

»Was soll das denn heißen?«

»Das heißt, dass wir sie fragen werden. Ich habe sie gerade angerufen. Wir sollen morgen zu ihnen kommen, zum Mittagessen.«

Ich dachte, ich höre nicht richtig. Nicht auch das noch! »Warum denn ausgerechnet zum Mittagessen?«

Kalle und Friedhelm sahen mich verständnislos an.

»Eh, Mann, eh! Was ist denn in dich gefahren. Kocht deine Oma so schlecht?«

»Ach, lass ihn«, antwortete Steffi für mich. »Er beruhigt sich schon wieder. Also, gehen wir morgen zu meinen Großeltern.«

»Klar gehen wir!« Kalle war wieder in Hochform. »Wir haben endlich eine heiße Spur. Also müssen wir sie auch verfolgen. Einverstanden, Radieschen?«

»Von mir aus. Jetzt ist sowieso schon alles egal.«

»Gut. Dann sind wir uns ja wieder einig.«

»Wir müssen morgen gleich nach der Schule zu meinen Großeltern, sonst schaffen wir es nicht zum Essen«, meinte Steffi. »Ist das ein Problem?«

Kalle und Friedhelm sahen sich an und schüttelten den Kopf. Kalle rieb sich die Hände. »Gut. Dann wäre ja alles geklärt. Oder gibt es noch Fragen?«

Ich stand auf. »Mir reicht es für heute.«

Kalle sah auf seine Uhr. »Radieschen hat Recht. Es ist schon ziemlich spät. Gehen wir also nach Hause.«

Ganz anders, als am Tag zuvor, redeten Steffi und ich auf dem Rückweg fast kein Wort miteinander.

Nur einmal fragte ich sie: »Musstest du unbedingt Oma und Opa anrufen?«

»Willst du denn nicht auch wissen, was sie mit der ganzen Geschichte zu tun haben?«

Ich war mir nicht mehr sicher, ob ich das wollte. »Sicher«, sagte ich trotzdem. »Aber ausgerechnet zum Mittagessen?«

»Das war nicht meine Idee. Aber du kennst doch Oma.«

»Eben.«

Als Papa nach dem Abendessen aufstand, um nachzusehen, was im Fernsehen lief, nutzte Steffi die Gelegenheit.

»Du, Mama, wir gehen morgen Mittag zu Oma und Opa. Du brauchst also nichts für uns zu kochen.«

Mama sah mich an. »Zu Oma und Opa? Einfach so? Oder geht es immer noch um euren Aufsatz?«

»Äh, ja.«

Seine Eltern anzulügen macht wirklich keinen Spaß. Aber was sollten wir machen? Wir hatten einmal damit angefangen und nun mussten wir weitermachen. Ob Mama uns noch glaubte? Sie sagte zwar nichts, aber irgendetwas an dem, wie sie fragte und uns dabei ansah, war anders als sonst.

Am nächsten Morgen in der Schule redeten wir in jeder Pause darüber, was wir meine Großeltern fragen wollten. Kalle war in Hochform. Immer wieder grübelte er darüber nach, wie wir Oma und Opa möglichst »unauffällig« fragen und ihnen dabei trotzdem möglichst viel »entlocken« könnten.

Schließlich einigten wir uns darauf, dass wir sie einfach fragten, warum sie damals ausgezogen waren.

»Aber die Münze zeigen wir ihnen auf gar keinen Fall!«, tönte Kalle. »Da bleiben wir total eisern.«

Meine Großeltern wohnen nicht weit von der Schule entfernt, so dass wir bequem zu Fuß gehen konnten. Friedhelm meckerte zwar, doch es half ihm nichts.

Opa empfing uns an der Wohnungstür, gut gelaunt wie immer. »Da seid ihr ja, Kinder. Oma hatte schon Angst, ihr kommt zu spät zum Essen.«

Ich sah auf die Uhr. »Aber wir sind doch sogar noch zu früh.«

»Ja, ja, ich weiß«, lachte Opa. »Aber du kennst deine Großmutter doch. Wenn es ums Essen geht, versteht sie keinen Spaß.«

Oma stand in der Küche, so wie wir sie kannten. Sie hatte eine geblümte Kittelschürze an und rührte in ihren Töpfen.

»Ah, da seid ihr ja, Kinder. Setzt euch schon einmal an den Tisch. Das Essen ist gleich fertig.«

Auch wenn ich nicht nachzählen konnte, war mir, als hätte sich Omas Topfparade noch um einige Exemplare vergrößert.

»Sollen wir das alles essen?«, flüsterte Kalle mir zu.

»Alles«, grinste Steffi. »Oma mag es nicht, wenn etwas übrig bleibt. Also, strengt euch an. Schließlich wollen wir etwas von ihr wissen.«

»Als Erstes gibt es eine kräftige Hühnersuppe«, strahlte Oma, stellte eine riesige Suppenschüssel auf den Tisch und begann gleich uns die abgrundtiefen Teller voll zu schaufeln.

Nach dem üblichen Tischgebet, in das ich insgeheim noch einige Spezialbitten einbaute, gab Opa wie immer den Startschuss: »Guten Hunger, allerseits!«

Ich wusste, dass man bei Omas »kräftiger« Hühnersuppe äußerst vorsichtig zu Werke gehen muss. Die einzelnen Fettaugen

kleben so dicht aneinander, dass sie, egal, wie heiß sie auch ist, überhaupt nicht dampft. Mama beschwert sich immer, dass die Suppe »falsch« sei.

Friedhelm kannte keine falsche Suppe. Er begann gleich die Suppe wie wild in sich hineinzulöffeln. Aber schon nach dem ersten Schluck ließ er den Löffel mit einem lauten Aufschrei auf den Teller fallen und verteilte Omas Hühnersuppenaugen auf der Tischdecke.

Opa, der neben Friedhelm saß, tätschelte ihm gutmütig die Hand.

»Pass auf, mein Junge, die Suppe ist heiß.«

Friedhelm hielt sich die Hand vor den Mund. »Eh, . . . – das habe ich gemerkt«, nuschelte er.

Den Rest der Suppe schafften wir ohne Probleme. Doch das größte Stück Arbeit lag noch vor uns: der Hauptgang.

Wir stopften hinein, was das Zeug hielt. Friedhelm erinnerte mich an einen Schaufelbagger. Oma sah ein paar Mal zu ihm hin und lächelte zufrieden. Ich knöpfte meine Hose auf. So ging noch etwas mehr hinein.

Oma war zufrieden. »Alles aufgegessen! Fein, dass es euch so gut geschmeckt hat. Und weil ihr so brav gewesen seid, habt ihr euch eine Belohnung verdient.«

Sie stand auf und verschwand in der Küche. Kurz darauf erschien sie mit einer Glasschüssel, in der Basti hätte baden können.

»Der Nachtisch! Vanillepudding auf frischen Erdbeeren mit Schokoladensauce!«

Ich sah die anderen an. Steffi und Kalle machten auch einen leicht angegriffenen Eindruck. Nur Friedhelm war noch so fit wie vor der Hühnersuppe. Eine Erdbeere nach der anderen verschwand in seinem Mund.

Ich fing an zu essen. Vor meinen Augen hüpften kleine rosafarbene Pünktchen auf und ab. Irgendwann hatte ich die letzte Erdbeere geschafft. Sie blieb dicht unter meinem Kehlkopf liegen.

Als ich schon glaubte, alles wäre überstanden, machte Friedhelm etwas, dass mir vor Schreck fast das Herz stehen geblieben wäre.

Er hielt Oma sein Dessertschälchen unter die Nase. »Haben Sie noch etwas von dem leckeren Pudding, Frau Rademacher?«

Oma sah auf die Schüssel. Sie war leer! Das hatte Oma bei uns noch nie erlebt. Sie machte ein entsprechend entsetztes Gesicht.

»Da ist leider nichts mehr. Aber ich habe noch eine Tafel Schokolade, wenn du magst. Vollmilch, Zartbitter, Marzipan, Mandel-Nuss oder Mocca-Sahne, du kannst es dir aussuchen.«

»Mocca-Sahne!«, strahlte Friedhelm. »Die mag ich am liebsten.«

Wir setzten uns ins Wohnzimmer. Es gab Kakao für uns und Kaffee für Oma und Opa. Nach dem Essen ist es immer besonders gemütlich bei ihnen. Man kann sich so schön auf den Sesseln ausstrecken und sich erholen. Das war genau die richtige Stimmung. Ich setzte mich allerdings mit dem Rücken zu Friedhelm. Der lutschte nämlich genüsslich an seiner Sahne-Mocca-Schokolade. Das konnte ich nicht mit ansehen.

»Es hat übrigens einen Grund, dass wir euch heute besucht haben«, begann ich unser Verhör, wie Kalle es genannt hatte.

Opa zog die Augenbrauen hoch. »So, mein Junge? Was gibt's denn? Habt ihr Ärger in der Schule?«

»Nein, nein!«, rief Steffi. »Es geht um etwas ganz anderes. Wir wollten von euch wissen, wie es euch kurz nach dem Krieg ergangen ist.«

»Aber Steffi«, sagte Oma, »das haben wir euch doch schon so oft erzählt.«

»Sicher. Nur da ging es immer darum, wie wenig man damals zu essen hatte und dass ihr zu den Bauern gegangen seid, um eure Sachen gegen Lebensmittel zu tauschen.«

»Eben. Das solltet ihr auch wissen, damit ihr schätzt, wie gut es euch heute geht.«

»Das tun wir auch, Oma«, stand ich meiner Schwester bei. »Nur wollten wir heute etwas über euren Umzug wissen.«

»Welchen Umzug?«

»Ihr habt doch damals in der Nähe unserer Siedlung gewohnt. Und dann seid ihr ausgezogen.«

»Stimmt«, sagte Opa. »Und nun wollt ihr wissen, warum wir von dort weggezogen sind?«

»Ja, genau«, mischte sich Kalle ein. »Wir müssen nämlich einen Aufsatz für die Schule schreiben.«

»Über unseren Umzug?«

»Nein, nicht direkt, nur so allgemein – äh.«

»Persönliche Schicksale in der Nachkriegszeit, so heißt der Aufsatz«, kam ihm Steffi zu Hilfe.

»Aber wir sind doch erst 1960 umgezogen«, sagte Oma. »Da war der Krieg schon fünfzehn Jahre vorbei.«

»Das ist egal«, meinte Friedhelm leichthin. »Die Hauptsache ist, dass Sie gleich nach dem Krieg schon da gewohnt haben.«

Wie schon vorher im Einwohnermeldeamt hatte ich bei Friedhelms Ausrede das Gefühl, dass sie zu dick aufgetragen war. Doch auch dieses Mal funktionierte sie wieder.

Oma lächelte ihn freundlich an. »Na, wenn das so ist, können wir es euch ja erzählen. Schließlich ist es kein Geheimnis.«

»Stimmt«, sagte Opa. »Der Grund war euer Vater.«

Mir blieb fast das Herz stehen. Was hatte Papa denn damit zu tun?

»Eigentlich weniger euer Vater selber als mehr die Umstände, unter denen wir dort wohnten. Die Wohnung war zwar sehr billig und eigentlich auch gar nicht so schlecht – jedenfalls für damalige Verhältnisse. Doch das Haus lag recht einsam. Deshalb gab es keine Spielkameraden für unseren Sohn, also euren Papa. Er war den ganzen Tag allein. Und das war auf die Dauer nicht gut für ihn. Darum sind wir in eine Gegend gezogen, in der es Kinder in der Nachbarschaft gab.«

»Nicht gut für ihn?«, fragte Steffi. »Wie meinst du das?«

»Wir hatten Angst, dass aus ihm ein Eigenbrödler würde. Die ersten Anzeichen dafür hatten wir schon bemerkt.«

»Welche Anzeichen denn?«, wollte ich wissen.

»Wie Oma schon sagte, gab es in der Gegend keine Kinder. Und für seine Schulkameraden war es wahrscheinlich zu weit ihn zu besuchen. Trotzdem trieb er sich oft stundenlang allein im Wald herum. Das hat uns damals sehr zu denken gegeben.«

»Im Wald also«, meinte Kalle wichtig. »Das ist interessant. Was hat er denn da gemacht?«

Oma zuckte mit den Schultern. »Er hat dort gespielt. Wahrscheinlich hat er Baumhäuser gebaut, den Wald erkundet und was Kinder in dem Alter sonst noch so im Wald treiben.«

»Hat er vielleicht auch Höhlen entdeckt?«, rief Friedhelm dazwischen. »Oder hat er mal etwas vergraben?«

»Gibt es denn in dem Wald Höhlen?«, fragte Oma zurück. »Und ob er etwas vergraben hat, weiß ich natürlich nicht.«

Kalle stieß mir seinen Ellenbogen in die Seite. »Los, Radieschen, zeig ihnen doch mal die Münze.«

Ich dachte, ich höre nicht richtig. Ich sah zu Steffi und Friedhelm, doch die sagten nichts. Wahrscheinlich waren sie genauso überrascht wie ich.

»Aber du hast doch gesagt, dass wir auf gar keinen Fall . . .«

»Welche Münze sollst du mir zeigen, mein Junge?«, fragte Opa.

Ich konnte ihm ansehen, dass er neugierig geworden war. Was blieb mir also übrig? Ich kramte die Goldmünze hervor und hielt sie Opa hin.

»Hast du die schon einmal gesehen?«

Er nahm sie mir aus der Hand, sah nur einmal kurz drauf und gab sie Oma, die schon neugierig den Hals reckte.

»Wo hast du die denn her?«

»Warum? Kennst du sie?«

»Na ja, ob ich gerade diese Münze kenne, weiß ich nicht.

Aber als meine Eltern jung waren, konnte man damit in jedem Geschäft bezahlen – wenn man eine hatte.«

»Das ist aber schon sehr lange her«, ergänzte Oma.

»Kannst du mir die Münze noch einmal zeigen?«, fragte Opa plötzlich.

Oma gab sie ihm. Er besah sie sich eine Weile von allen Seiten.

»Ich bin nicht sicher«, meinte er schließlich, »aber ich glaube, ich habe eine ähnliche Münze später noch einmal gesehen. Und zwar bei eurem Vater.«

»Bei Papa?«, riefen Steffi und ich gleichzeitig.

»Ja. Er hat sie mir damals gezeigt und gesagt, dass sie sein Glücksbringer sei.«

»Damals?«, fragte Kalle. »Wie lange ist das denn schon her?«

»Oh, ein paar Jahre sind es schon. Aber nun erzählt uns doch mal, woher ihr diese Münze habt. Sie scheint nämlich echt zu sein.«

Das musste ja kommen!

»Ich habe sie gefunden«, gab ich zu.

»Und wo?«

»Im Wald, vor einer Höhle.«

Nun war sowieso alles schon egal.

Oma und Opa sahen sich an. »Aha«, grinste Opa. »Daher weht also der Wind. Das mit dem Aufsatz war wohl nicht so ganz richtig, wie?«

»Notlüge«, meinte Steffi.

»Wir glauben nämlich, dass es noch mehr davon gibt. Ein Schatz!« plapperte Friedhelm.

»Er muss irgendwo im Wald vergraben sein«, fügte Steffi hastig hinzu. Das war gut. So hatte sie wenigstens Frau Dubbe nicht auch noch ins Spiel gebracht.

»Und da habt ihr gedacht . . .«

»Da haben wir gedacht, dass ihr uns vielleicht weiterhelfen könnt.«

»Kinder, Kinder«, seufzte die Oma. »Warum habt ihr uns denn nicht die Wahrheit gesagt? Hattet ihr Angst, dass wir euch die Münze wegnehmen?«

»Na ja, vielleicht nicht, dass ihr sie uns wegnehmt, aber dass ihr genau wissen wollt, woher wir sie haben und so.«

»Und dass wir euch das Detektivspiel verderben. Stimmt's?«

Kalle war bei dem Wort Spiel zusammengezuckt, aber er sagte nichts.

»Woher ihr die Münze habt, wissen wir ja jetzt«, meinte Opa.

»Viel wichtiger ist aber, was damit geschehen soll. Wenn sie tatsächlich echt ist, dann müsst ihr sie ihrem rechtmäßigen Eigentümer zurückgeben.«

»Bevor wir den Schatz gefunden haben?«, rief Friedhelm. »Aber wir wollen doch so gerne den Finderlohn bekommen!«

Und wieder wirkte Friedhelms Jammern.

Oma und Opa sahen sich an. »Was meinst du?«, fragte Opa.

Oma sah uns mit einem Blick an, den ich kannte. So können nur Omas gucken.

»Also gut«, seufzte Opa. »Ich mache euch einen Vorschlag. Wenn ihr schon wie die Detektive im Fernsehen sein wollt, dann machen wir es auch so wie dort. Ich gebe euch zwei Tage Zeit. Wenn ihr bis dahin keinen Schatz gefunden habt, dann fragt ihr euren Vater, ob ihm die Münze gehört. Wenn nicht, bringt ihr sie zum Fundbüro. Was haltet ihr davon.«

»Drei Tage«, sagte Kalle.

»Verhandelt wird nicht. Entweder zwei Tage oder gar nichts.«

»Einverstanden«, brummte Kalle nach einem kurzen Blick auf uns.

»Und du sagst Papa nichts?«, fragte Steffi vorsichtshalber noch einmal nach. »Nicht bevor die zwei Tage um sind?«

»Versprochen«. Opa sah auf die Uhr. »Jetzt ist es drei Uhr. Ich gebe euch sogar noch etwas mehr als zwei Tage Zeit. Übermorgen um sieben Uhr abends rufe ich bei euch an und vergewissere mich, dass ihr euer Versprechen gehalten habt.«

Plötzlich hatte es Kalle sehr eilig von meinen Großeltern wegzukommen. Wir konnten kaum noch unseren Kakao austrinken.

»Wir dürfen schließlich keine Zeit verlieren«, erklärte er uns, als wir vor dem Haus auf der Straße standen.

Da es noch ziemlich früh war und ein Spaziergang nach Omas Essen nicht das Schlechteste ist, beschlossen wir zu Fuß nach Hause zu gehen. So konnten wir auch in Ruhe beraten, was nun werden sollte. Friedhelm trabte wieder beleidigt neben uns her.

»Ich möchte zu gerne wissen, ob es Papas Münze ist. Vielleicht sollten wir ihn doch einfach fragen?«

»Auf gar keinen Fall!«, rief Kalle. »Dann verraten wir doch alles. Denn wenn ihm die Münze tatsächlich gehört, dann ist es auch klar, dass er die Schatzkarte gezeichnet hat.«

Für mich war das überhaupt nicht klar. »Wie kommst du denn darauf?«

»Hast du eine andere Erklärung? Warum lag die Münze wohl ausgerechnet neben der Höhle?«

»Und was ist mit den Sauriern? Sind die überhaupt nicht mehr verdächtig? Denk doch mal an die Bemerkung von Sascha!«

»Tue ich ja. Aber was dein Vater mit den Sauriern zu tun hat, kann ich mir nun überhaupt nicht mehr erklären.«

»Wir müssen es eben herausfinden.«

Den Vorschlag hätte ich auch machen können. »Und wie?«

»Keine Ahnung Bruderherz. Vielleicht weiß es ja unser Chef?«

Er wusste es nicht. Wir grübelten den gesamten Heimweg, was wir in den zwei Tagen, die uns noch blieben, tun sollten, um herauszufinden, was es mit Papa und den Sauriern, der Höhle und der Münze und natürlich mit dem Teddy und der Puppe auf sich hatte.

»Wir müssen uns etwas einfallen lassen, denn viel Zeit haben wir nicht mehr«, meinte Kalle, als wir uns schließlich verabschiedeten. »Ich habe da auch schon eine Idee, aber darüber muss ich noch mal in Ruhe nachdenken. Ich werde euch morgen in der Schule alles berichten.«

Auf unsere Fragen, welche Idee er denn hätte, antwortete Kalle nur mit einem Wort: »Frontalangriff!«

Falsche Fährten und richtige Schnüffler

Als wir nach Hause kamen, war Papa wieder nicht da. Er hatte noch eine Konferenz.

»Wie war es bei Oma und Opa?«, fragte uns Mama, kaum dass wir hereingekommen waren.

»Ach, wie immer«, antwortete ich ihr und hoffte, dass sie nicht weiterfragen würde. Es war vergebens.

»Haben sie euch denn mit eurem Aufsatz helfen können?«

»Ja, ja«, meinte Steffi schnell, »war ganz interessant.«

»Aha. Dann ist es ja gut. Soll ich euch etwas zu essen machen?«, grinste sie uns an.

Wir lehnten dankend ab und verzogen uns schnell auf unsere Zimmer.

Obwohl Kalle uns gesagt hatte, dass wir uns auch noch überlegen sollten, wie wir das Rätsel in zwei Tagen lösen könnten, war zumindest Steffi und mir an dem Abend kein Geistesblitz gekommen. Am nächsten Morgen in der Schule erfuhren wir, dass es Friedhelm auch nicht anders ergangen war. Das war ein gefundenes Fressen für unseren Chef.

»Das hat man gerne! Ich zermartere mir das Hirn, um uns aus dem Schlamassel herauszuholen, und ihr tut nichts!«

»Verrätst du uns denn heute noch, welche Idee du gestern gehabt hast?«, unterbrach Steffi ihn endlich. »Und was hast du mit Frontalangriff gemeint?«

»Also gut, ich sage es euch. Ich meinte damit, dass wir diejenigen, die auf der Verdächtigenliste noch übrig geblieben sind, dazu bringen sich zu verraten.«

»Wer ist denn übrig geblieben?«, fragte Friedhelm.

»Wer schon! Herr Rademacher und die Saurier.«

»Mein Vater kann die Karte aber nicht gezeichnet haben«, unterbrach Steffi ihn. »Dazu ist er noch zu jung.«

»Ich habe ja auch gar nicht gesagt, dass er die Karte gezeichnet hat. Möglicherweise hat er sie ja nur vor uns gefunden. Auf jeden Fall hat er die Münze schon ein paar Jahre. Und die sah so aus wie die, die Radieschen gefunden hat. Also hat er wahrscheinlich auch etwas mit der ganzen Sache zu tun.«

Die Befürchtung hatte ich allerdings auch.

»Und was ist mit den Sauriern?«, fragte Friedhelm noch einmal.

Kalle verzog das Gesicht. »Die haben uns wahrscheinlich ausspioniert. Bestimmt waren sie es, die den Teddy und die Puppe aus der Höhle geholt haben. Und unseren Schatz wollen sie sich bestimmt auch noch unter den Nagel reißen. Aber die Suppe werden wir ihnen versalzen.«

»Und wie?«

»Gute Frage, Partner. Ich hatte da nämlich eine spitzenmäßige Idee. Wir locken die Saurier auf eine falsche Fährte!«

»Toll!«, rief Friedhelm. »Und auf welche?«

Kalle stupste ihm mit dem Zeigefinger auf die Brust.

»Aha! Auf welche! Das ist nämlich meine spitzenmäßige Idee! Radieschens Vater hat mich darauf gebracht.«

»Unser Vater?«, rief Steffi. »Was hat der denn damit zu tun?«

»Das kann ich dir sagen. Was würde dein Vater mit jemandem machen, der in seinem Garten herumbuddelt?«

Steffi und ich waren uns nicht ganz einig, ob er denjenigen erwürgen, aufhängen, vierteilen oder auf den Scheiterhaufen stellen würde.

»Seht ihr«, grinste Kalle. »Das dachte ich mir. Er hat sich ja schon wegen meiner Schaufel aufgeregt.«

»Und weiter?«, wollte ich wissen.

»Wir werden den Sauriern ein paar Tipps geben. In der nächsten Pause stellen wir uns in ihre Nähe und reden so laut über den Schatz, dass sie uns hören müssen. Dabei verändern wir nur eine Kleinigkeit, nämlich, dass der Schatz in Rademachers Garten liegt.«

»Eh, Mann, eh! Jetzt habe ich es kapiert!«

»Es geschehen noch Zeichen und Wunder. Was hast du kapiert, Friedhelm?«

»Wenn die anderen glauben, dass in Radieschens Garten ein Schatz vergraben liegt, dann kommen sie, um ihn sich zu holen. Und dann erwischt sie Herr Rademacher!«

Die armen Saurier taten mir jetzt schon Leid.

»Genau!«, strahlte unser Chef »Und weil Radieschens Vater Lehrer ist, kommt er nicht viel später nach Hause als wir. Er kann also den ganzen Nachmittag über auf den Garten aufpassen. Alles klar?«

»Versuchen können wir es ja«, meinte Steffi.

»Sehr schön«, freute sich unser Chef. »Dann wisst ihr also, was zu tun ist. In der Pause werden wir uns dahinstellen, wo uns die Saurier-Blödmänner hören können. Wir reden so lange über die Goldmünzen in Rademachers Garten, bis wir sicher sind, dass sie es kapiert haben.«

Eine richtige Verschwörung! Das fand ich gut. Ich war gespannt, ob die Verdächtigen, wie Kalle sie immer nannte, auf unsere Tricks hereinfielen.

Die ersten beiden Stunden zogen sich hin wie Kaugummi. Es kam mir vor wie eine Ewigkeit, bis es endlich zur Pause läutete. Ich fragte mich die ganze Zeit, ob es tatsächlich die

Saurier gewesen waren, die die Puppe und den Teddy aus der Höhle geholt hatten.

»Wir müssen Sascha erwischen«, flüsterte Kalle, als wir auf dem Schulhof standen. »Er ist der Chef und seine Leute machen, was er sagt.«

Damit wollte uns Kalle wahrscheinlich unauffällig zu verstehen geben, dass wir uns gefälligst ein Beispiel daran nehmen sollten.

Steffi dachte nicht daran. »Wieso? Wem wir erzählen, dass es einen Goldschatz in unserem Garten gibt, ist doch egal. Wenn es einer von ihnen weiß, wissen es alle. Wir sollten uns lieber den Blödesten aussuchen. Den können wir am besten überzeugen.«

»Und wer ist der Blödeste?«, fragte Friedhelm.

»Bei den Sauriern sind sie alle blöde. Also nehmen wir uns den Ober-Blödian vor.«

»Führst du Selbstgespräche?«, sagte jemand hinter Kalle. Er drehte sich um. »Wie?«

»Du hast Ober-Blödian gesagt und da dachte ich, du hättest über dich selber geredet.«

Es war Jens. Er gehört auch zur Saurier-Man-Bande.

»Ich habe über deinen Chef gesprochen, wenn du es gerne wissen willst«, giftete Kalle ihn an.

»Ich habe keinen Chef. Und wenn du Sascha meinst, der ist unser Häuptling.«

»Eh, Mann, eh! Seid ihr Indianer oder was?«

»Saurier-Man ist Häuptling, also ist Sascha auch Häuptling. Ist doch wohl klar, oder? Was wollt ihr denn von ihm?«

»Gar nichts wollen wir von ihm, du Hirni!«, rief ich ganz mutig. Wenn man selbst zu einer Bande gehört, geht das viel leichter.

»Gehört der jetzt auch zu euch?«, fragte Jens unseren Häuptling.

»Klar. Hast du etwas dagegen?«

»Nee. Was habe ich mit eurem dämlichen Detektivkram zu tun? Ihn habt ihr doch sowieso nur aufgenommen, weil er die Schatzkarte gefunden hat.«

»Ach, das wisst ihr also auch schon? Das hast du wohl von deinem Häuptling gehört?«

»Natürlich. Bei uns gibt es eben keine Geheimnisse.«

»Wen interessiert das schon«, sagte Kalle.

»Mich interessiert euer blöder Schatz, den es überhaupt nicht gibt, sowieso nicht.«

Bevor einer von uns darauf antworten konnte, drehte Jens sich um und trabte zu seinen Banden-Freunden, die sich in einer Ecke des Schulhofes zusammengerottet hatten.

»Jetzt ist er weg«, sagte Friedhelm. »Und wir haben ihm noch gar nicht gesagt, dass der Goldschatz in Radieschens Garten liegt.«

»Dann müssen wir es eben noch einmal versuchen«, sagte Steffi. »So schnell wollt ihr doch wohl nicht aufgeben!«

»Genau«, gab Kalle ihr Recht. »Wir stellen uns jetzt in ihre Nähe und reden laut und unauffällig über den Goldschatz.«

Steffi winkte ab.

»Das bringt doch nichts. Das hast du ja gerade gesehen.«

»Aber du hast doch selber gesagt . . .«

»Ich habe nicht gemeint, dass wir es ihnen erzählen sollen.«

»Sondern?«

»Wir schreiben es ihnen auf.«

»Verstehe ich nicht«, sagte Friedhelm.

»Ganz einfach. Wir lassen sie auch eine Schatzkarte finden. Wir nehmen ein Blatt Papier und zeichnen ihnen einen Plan mit einem Goldschatz in unserem Garten. Den lassen wir irgendwo in ihrer Nähe fallen.«

Natürlich war Kalle begeistert. »Starker Plan, Steffi. Ganz ehrlich, total stark.«

Für mich gab es da allerdings noch einen kleinen Haken. »Wer soll das Ding zeichnen?«

»Wie immer der, der blöde fragt«, war Steffis Antwort.

Das fehlte mir noch. »Kannst du vergessen. Ich zeichne auf gar keinen Fall.«

»Eh, Mann, eh! Warum denn nicht? Du kannst doch so gut zeichnen. In Kunst hast du immer die besten Zensuren.«

»Kartoffeldruck ist schließlich etwas anderes als Schatzkarten zeichnen. Nee, nee, ohne mich.«

Kalle gab mir einen freundschaftlichen Klaps auf die Schulter. »Ach komm, Radieschen! Sei kein Frosch. Du kannst von uns wirklich am besten zeichnen.«

Man muss einsehen, wann man verloren hat. »Na gut, aber wehe, ihr beschwert euch hinterher, dass er nicht schön genug ist oder nicht genau genug oder euch sonst irgendwie nicht passt«, versuchte ich noch einmal mich davor zu drücken.

»Ganz bestimmt nicht, Radieschen. Du weißt doch: Einer für alle und alle für einen.«

Die ganze dritte Stunde habe ich gebraucht, um die blöde Karte zu zeichnen. Als ich endlich fertig war, stellte ich zu meinem Entsetzen fest, dass sie fast genauso aussah wie die andere Schatzkarte. Nur dass das Schatzkreuz mitten in unserem Garten war. Zur Vorsicht hatte ich noch unsere Adresse daneben geschrieben.

»Ich weiß gar nicht, warum du dich vorhin so angestellt hast«, flüsterte mir Steffi zu, als ich ihr mein Kunstwerk zeigte. »Die sieht doch fast echt aus.«

In der kleinen Pause zwischen der dritten und vierten Stunde schlenderte Kalle unauffällig an Saschas Platz vorbei und ließ die Karte fallen. Es war wohl etwas zu unauffällig. Zehn Minuten bevor wir Schulschluss hatten, lag mein Meisterwerk immer noch auf dem Boden. Wir hatten Deutsch bei Big Siggi. Eigentlich heißt er Schlüter, aber alle nennen ihn Big Siggi. Er hat den Namen zu Recht. Wie schwer er ist, kann niemand genau sagen. Die Schätzungen schwanken zwischen mittelschwerer Kuh und schlachtreifem Schwein. Wenn er durch die Klasse geht und sein Bauch bei mir vorbeikommt, sieht Oliver gerade seinen Po verschwinden. Oliver sitzt zwei Reihen hinter mir.

Big Siggi war bei seinen üblichen Wanderungen durch die Klasse schon mindestens dreimal über die Karte hinweggewalzt. Dabei nahm das schöne weiße Papier mehr und mehr die Farbe des Fußbodens an. Die Chancen, dass Sascha es aufhob, wurden immer geringer. Und das Ende der Stunde rückte immer näher!

Ausgerechnet Friedhelm hatte die rettende Idee. »Eh, Mann, eh«, flüsterte er dreimal. So lange dauerte es, bis Sascha kapiert hatte, dass er gemeint war.

»Was willst du?«

»Ist das dein Zettel, der da auf dem Boden liegt?«

Sascha sah sich das schmuddelige Ding an. »Nee, nicht dass ich wüsste.«

Friedhelm gab nicht auf. »Guck doch mal. Vielleicht gehört er ja doch dir.«

Endlich bückte sich Sascha und hob ihn auf. Noch auffälliger hätte es Friedhelm wirklich nicht machen dürfen.

Sascha sah eine ganze Zeit auf meine Zeichnung. Dann stieß er Jens an und die beiden beugten sich tuschelnd darüber.

Steffi kniff mir ein Auge zu. Ich drehte mich um und sah, dass auch Kalle zufrieden nickte. Das hatte gerade noch rechtzeitig geklappt. Eine Minute später schellte es und die Schule war aus. Bevor wir nach Hause gingen, verabredeten wir uns für Nachmittag bei Steffi auf dem Zimmer.

»Haben sich die Saurier schon blicken lassen?«, war Kalles erste Frage, als ich ihm die Tür aufmachte.

»Nee. Bis jetzt noch nicht.«

»Und wo ist dein Vater?«

»Der werkelt im Garten herum.«

»Das ist gut. Dann können wir uns ja in Ruhe unserem zweiten Problem widmen. Aber lasst uns erst auf Steffis Zimmer gehen.«
Das taten wir. Meine Schwester und Friedhelm warteten schon auf uns. Die Hälfte der Schokolade, die ich gestiftet hatte, war in der Zeit, in der ich Kalle von der Tür abgeholt hatte, verschwunden.

»Eh, Mann, eh!«, begrüßte uns Friedhelm. »Ich habe schon mal ein Stückchen gegessen.«

»Hast du keine anderen Sorgen?«, meckerte Kalle ihn an. »Lasst uns lieber überlegen, wie wir den Schatz aus dem Garten eurer Nachbarin holen können. Wir haben nur noch bis morgen Zeit.«

»Woher wollt ihr überhaupt wissen, dass der Schatz unter dem Stapel liegt?«, meinte Steffi plötzlich. »Immerhin könnte die Karte ja falsch sein oder irgendjemand hat ihn längst ausgegraben.«

Kalle sah Steffi mit großen Augen an. »Meinst du?«

»Immerhin wäre es doch möglich, oder?«

»Und?«, fragte Kalle. »Was sollen wir machen?«

»Weiß nicht. Aber bevor wir uns noch mal in Dubbes Garten wagen, will ich wissen, ob der Schatz auch noch da liegt.«

»Meinetwegen. Aber wie?«

»Ich hätte da eine Idee«, meldete sich Friedhelm.

»Und welche?«

»Ein Hund.«

»Fängst du schon wieder mit deinen Krimis für Fußgänger an? Mann, das ist doch alles Kinderkram!«

»Nun lass ihn doch erst mal ausreden, Kalle!«, stand Steffi dem armen Friedhelm bei.

»Also, wir brauchen einen Hund«, erklärte uns Friedhelm noch einmal. »Dem könnten wir die Münze unter die Nase halten und dann muss er danach suchen. Ich meine, das machen doch alle Hunde gerne. Und wenn dieser Hund dann zu dem Holzstapel läuft und bellt, wissen wir, dass der Schatz dort vergraben ist.«

»Mensch, Friedhelm! Du glaubst doch wohl nicht im Ernst . . .« Kalle stockte mitten im Satz, starrte einen Augenblick vor sich hin, sprang auf und rannte aus dem Zimmer.

»Eh, Mann, eh! Was hat denn den gebissen?«

Bevor Steffi oder ich etwas sagen konnten, stand Kalle wieder vor uns. Er schwenkte den Fetzen aus Stoff, den ich in der Höhle gefunden hatte.

»Das ist es, Partner!«

Steffi tippte sich mit dem Zeigefinger an die Stirn. »Geht's dir noch gut? Und was willst du mit dem alten Lappen?«

»Was ich damit will? Ist doch klar! Die Puppe und der Teddy haben ich weiß nicht wie lange auf dem Ding gesessen. Wenn wir den dem Hund unter die Nase halten, rast der los. Darauf könnt ihr wetten!«

»Vielleicht. Nur dass er dann nach der Puppe und dem Teddy sucht und nicht nach dem Schatz.«

»Ja, ja, ich weiß. Aber das ist doch besser als nichts. Wer die

Puppe und den Teddy hat, der weiß auch bestimmt etwas über den Schatz. Dann sind wir wenigstens einen Schritt weiter. – Oder habt ihr einen besseren Vorschlag?«

Den hatten wir nicht.

»Und woher sollen wir einen Hund bekommen?«, fragte ich doch noch mal nach.

»Wir könnten uns einen leihen«, schlug Steffi vor.

»Und von wem?«

»Habt ihr nicht gesagt, dass eure Nachbarin einen Hund hat?«, fragte Friedhelm.

»Den kannst du vergessen«, meinte Steffi. »Der würde sogar eine Schweinshaxe nur riechen, wenn du sie ihm direkt vor die Nase hältst. Außerdem bellt der nicht, der hustet höchstens. Aber ich wüsste schon, von wem wir uns einen Hund ausleihen könnten.«

»Von wem?«, riefen Friedhelm, Kalle und ich gleichzeitig.

»Von Bauer Beckmann.«

»Hat der einen Hund?«, fragte Friedhelm.

»Eine Hündin, um genau zu sein.«

Nun konnte ich mir nicht vorstellen, wie das klappen sollte. »Und du glaubst, dass Bauer Beckmann uns den ausleiht?«

»Na ja, vielleicht nicht den, den ihr meint, aber ich weiß, dass seine Hündin Junge geworfen hat. Von denen könnten wir uns eins holen. Die sind bestimmt unheimlich süß.«

»Und das soll er uns geben?«, fragte ich noch einmal. »Einfach so?«

»Mensch, Radieschen!«, rief Kalle. »Kapierst du das nicht? Wir holen es uns heimlich.«

»Natürlich bringen wir es hinterher wieder zurück«, ergänzte Steffi.

Das beruhigte mich sehr. Wenn wir mit einem Hund zu

Hause aufkreuzten, konnte ich mir lebhaft vorstellen, was unsere Eltern uns erzählen würden.

»Also gut«, erklärte Kalle, »dann ist es also beschlossene Sache, dass wir zu Bauer Beckmann gehen und einen Hund klauen – ich meine leihen. Bleibt nur noch die Frage, wer es machen soll.«

Ich hatte das unbestimmte Gefühl, dass er mich mit dieser Frage meinte.

Operation »Beckmanns Hund« und die dicke Berta

Bevor uns Kalle zum Hundeklau einteilte, hatte ich noch ein ganz anderes Problem zu lösen. Ich hatte mich bis dahin nicht getraut es anzusprechen. Aber jetzt kam ich nicht mehr darum herum.

»Ach übrigens, was ich noch sagen wollte«, begann ich so harmlos wie möglich, »ich habe noch etwas zu erledigen.«

»Was hast du denn zu erledigen?« Kalle betonte das Du so komisch, dass ich ihm erst gar nicht antworten wollte. Aber dann überlegte ich mir, dass ich ja etwas von ihnen wollte. »Wir müssen noch jemanden mitnehmen.«

»Nein!«, rief Steffi. »Nicht den Winzling!«

»Ich habe ja eigentlich auch keine Lust, aber ich habe es Frau Hansen versprochen«, gab ich zu. Es stimmte tatsächlich. Seit ich Partner von Kalles Detektivbüro war, hatte ich immer weniger Interesse daran, auf Basti aufzupassen. Er fiel mir sogar auf den Wecker. Aber das wollte ich mir auf gar keinen Fall anmerken lassen.

Seltsamerweise kam mir ausgerechnet Kalle zu Hilfe. »Ich finde das gar nicht so schlimm, wenn der Knirps mitkommt. Er kann uns sogar gute Dienste leisten.«

»Der? Wie denn das?«

»Es ist immer unverdächtig, wenn man kleine Kinder dabeihat. Schließlich wollen wir einen Hund klauen, ich meine leihen. Darum ist es umso besser, je unverdächtiger wir sind.«

»Wieso denn das?«

»Weil der Kleine zum Beispiel der Vorwand sein könnte, mit dem wir Bauer Beckmann aus seinem Haus locken.«

»Wie soll das denn funktionieren?«, fragte Steffi.

»So genau habe ich mir das noch nicht überlegt. Aber mir fällt bestimmt noch etwas Gutes ein. Wir könnten zum Beispiel sagen, dass er Hunger hat, und Bauer Beckmann um ein Glas Milch bitten.«

»Das klappt nie!«, rief Steffi. »Bauer Beckmann ist doch nicht bescheuert.«

»Wie sollen wir den Hund denn überhaupt transportieren?«, wechselte ich das Thema. »Schließlich können wir ihn nicht auf dem Arm über die Straße tragen.«

Kalle nickte. »Da hast du Recht. Das wäre zu auffällig.«

»Der Picknick-Korb!«, rief ich. »Im Keller liegt doch dieser alte Picknick-Korb. Der hat einen Deckel. Ich glaube, es ist sogar ein Verschluss daran.«

Kalle klopfte mir auf die Schulter. »Gut, Radieschen, ausgezeichnet. Das Problem wäre also gelöst.«

Ich muss zugeben, dass ich mich freute, dass Kalle mich gelobt hatte. Eigentlich war er gar nicht so übel, der Kalle. »Damit bleibt nur noch die Frage, wie wir uns aufteilen?«

»Was denkst du denn?«, fragte ich Kalle, in der Hoffnung, dass er sich noch nichts gedacht hatte. Ich täuschte mich.

»Ich schlage vor, dass wir es so wie beim letzten Mal machen«, fuhr Kalle fort.

»Beim letzten Mal?«, fragte ich. »Haben wir denn schon einmal einen Hund geklaut?«

»Quatsch! Ich meine unsere Operation Hexenjagd. Da haben Steffi und du eure Nachbarin abgelenkt und Friedhelm und ich haben die Arbeit gemacht. Für die Operation Beckmanns Hund sollten wir uns auch wieder trennen.«

Friedhelm nickte. »Finde ich gut.«

»Natürlich teilen wir uns anders auf«, erklärte unser Chef. Ich hatte es geahnt!

»Dieses Mal werde ich das Ablenkungsmanöver übernehmen.«

»Wenn du glaubst, dass ich . . .«

»Das habe ich doch gar nicht gesagt«, unterbrach Kalle meine wütende Schwester. »Ich meine, dass du und ich das Ablenkungsmanöver übernehmen, während Radieschen und Friedhelm . . .«

»Eh, Mann, eh! Warum denn schon wieder ich?«

»Mensch Friedhelm! Denk doch an den Schatz. Dafür muss man eben Opfer bringen. Außerdem nehmen wir doch den Kleinen mit. Steffi kennt er schließlich besser als uns beide. Stell dir vor, wir stehen bei Bauer Beckmann und der Knirps fängt an zu schreien. Weißt du, wie man den wieder beruhigt?«

»Na gut, von mir aus. Ich mache es«, brummte Friedhelm. Die Vorstellung, mit einem schreienden Baby auf dem Arm vor Bauer Beckmann zu stehen, hatte ihn wohl überzeugt.

»Prima!«, freute sich Kalle. »Das wäre also geklärt.«

Ich hatte keine große Lust den Hund zu holen. Bei dem Gedanken, was passieren würde, wenn Bauer Beckmann uns erwischte, wurde mir angst und bange. Aber mir blieb wohl nichts anderes übrig. Schließlich hatte ich beim letzten Mal das Ablenkungsmanöver übernommen, wie Kalle es nannte. »Wie wollt ihr Bauer Beckmann denn ablenken?«, fragte ich deshalb nur.

Kalle zuckte mit den Schultern. »Keine Ahnung. Wir müssen irgendeinen Vorwand finden möglichst lange mit ihm zu reden. Wenigstens so lange, dass ihr genug Zeit habt den Hund zu holen. Aber das geht sicher ziemlich schnell.«

»Ihr könntet doch sagen, dass ihr einen Aufsatz für die Schule schreiben müsst. Ein Tag auf dem Bauernhof oder so. Dass Lehrer auf solche Gedanken kommen, wird er sicher glauben.«

»Bestimmt glaubt er das«, gab meine Schwester mir Recht. »Solche Aufsätze müssen wir schließlich tatsächlich schreiben.«

»Allerdings«, seufzte Friedhelm.

Wir hatten Kalle überzeugt. »Also gut, meinetwegen. Sagen wir, dass wir einen Aufsatz über einen Bauernhof schreiben müssen.«

»Aber den Knirps nimmst du!«, rief Steffi.

Kalle nickte gnädig. »Ja, ja, sicher. Jetzt müssen wir nur noch sicher sein, dass auch zeitlich alles klappt. Das Beste ist, wenn Steffi und ich vorgehen. Ich würde sagen, wir trennen uns, kurz bevor wir auf den Feldweg kommen. Dann lasst ihr uns fünf Minuten Zeit. Das dürfte für den Weg zum Bauernhof reichen.«

»Und was machen wir?«, wollte Friedhelm wissen.

»Habe ich doch gesagt! Ihr wartet fünf Minuten und kommt dann hinter uns her. Natürlich müsst ihr euch anschleichen, am besten von hinten über die Wiesen.«

»Eh, Mann, eh! Da ist alles voll Matsche!«

Friedhelm hatte Recht. Die Wiesen hinter Bauer Beckmanns Hof sind total versumpft.

»Dann zieht ihr eben Gummistiefel an«, sagte Kalle leichthin. »Du hast doch welche?«, fragte er mich.

»Sicher. Die stehen im Keller.«

»Und woher soll ich meine bekommen?«, fragte Friedhelm.

»Du kannst die von meinem Vater anziehen.«

Ich dachte, ich höre nicht richtig. Papa ist nämlich ziemlich empfindlich, wenn es um seine Sachen geht. »Meinst du, dass Papa das erlaubt?«

»Wir müssen ja nicht unbedingt fragen. Wer viel fragt, bekommt viele Antworten.«

»Genau!«, rief Friedhelm. »Außerdem will ich die Stiefel nur anziehen und nicht verkaufen.«

»Also, dann lasst uns in den Keller gehen, bevor mein Vater auftaucht!«, sagte Steffi. »Den Picknick-Korb brauchen wir ja auch noch.«

Als wir die Zimmertür öffneten, hörten wir aus der Küche Papas Stimme. Wir zogen unsere Schuhe aus und schlichen die Treppe hinunter. Die Gummistiefel standen gleich neben der Kellertreppe. Nach dem Picknick-Korb mussten wir noch eine Weile suchen. Schließlich fanden wir ihn zwischen einigem Gerümpel in der hintersten Ecke des Kellers. Meine Eltern hatten ihn schon ewig nicht mehr benutzt. Er war entsprechend eingestaubt. Außerdem funktionierte das Schloss nicht mehr.

»Wir nehmen ihn trotzdem«, beschloss Kalle. »Ihr müsst nur den Deckel zuhalten, damit unser Waldi nicht heraushüpft.«

Als wir die Kellertreppe wieder heraufschlichen, hörte ich ein seltsames Geräusch. Weil wir das Licht vorsichtshalber nicht eingeschaltet hatten, konnte ich nicht herausbekommen, was es war. Erst auf der Straße sah ich, dass Friedhelm dahinter steckte.

»Warum läufst du denn so komisch?«, fragte ich ihn.

»Die Gummistiefel von deinem Vater sind mir viel zu groß!«, jammerte er. »Bei jedem Schritt habe ich Angst, dass ich sie verliere. Hoffentlich bleibe ich nicht in der Matsche stecken.«

»Nun hör schon auf zu jammern«, sagte Kalle. »Lasst uns lieber gehen. Je eher wir anfangen, desto schneller haben wir es hinter uns.«

»Ich muss Basti holen!«, rief ich. Das hatte ich fast vergessen.

Frau Hansen hatte Bastis Sachen schon gepackt. Ich musste

ihn nur noch in seinen Buggy setzen. Ich lief schnell bis zur nächsten Straßenecke. Dort hatten wir uns verabredet, damit meine Eltern uns nicht beobachten konnten.

Ich schob Kalle Bastis Buggy vor die Füße. »Hier, du wolltest ihn ja schieben.«

Kalle nahm ihn, ohne zu protestieren. Wir gingen bis zu dem Feldweg, der zu Bauer Beckmanns Hof führte.

Kalle blieb stehen. »So, hier trennen wir uns. Ihr wartet fünf Minuten, wie wir es besprochen haben. Alles klar?«

Wir nickten und er schob mit Basti los. Irgendwie sahen die drei aus wie Vater, Mutter und Kind.

Kaum waren sie außer Hörweite, zupfte mich Friedhelm am Ärmel. »Eh, Mann, eh! Komm, wir gehen auch.«

»Aber Kalle hat doch gesagt . . .«

»Ist egal, was er gesagt hat. Mit den blöden Gummistiefeln komme ich kaum vorwärts. Wenn wir noch länger warten, sind Kalle und Steffi schon wieder hier, bevor wir am Bauernhof angekommen sind.«

Er hatte Recht. An Friedhelms kurzen Beinen sahen die Gummistiefel noch riesiger aus. Es war tatsächlich besser, wenn wir gleich losgingen. Ich nahm den Picknick-Korb, sonst wären wir überhaupt nicht vorwärts gekommen.

Die Wiese bestand nur aus Pfützen. Bei jedem Schritt sanken wir in den Boden ein. Wenn wir die Stiefel herauszogen, gab es ein Geräusch, das sich anhörte wie ein lautes Schmatzen.

Endlich kamen wir am Bauernhof an. Von Steffi, Basti und Kalle hatten wir nichts mehr gesehen und gehört, seit wir losgegangen waren. Von Bauer Beckmann zum Glück auch nicht. Wenn ich nur daran dachte, dass er uns erwischen könnte, wurde mir ganz anders. So wie er aussah, war mit ihm nicht zu spaßen.

Ich drehte mich zu Friedhelm um. »Alles klar?«

Er schnaufte wie eine Lokomotive. »Lass es uns hinter uns bringen.«

Wir sahen uns nach dem Hundezwinger um. Wir hatten Glück. Er stand zwischen zwei Ställen, so dass man ihn vom Eingang des Wohnhauses aus nicht sehen konnte. Damit war unser Glück dann aber auch schon vorbei. Wir waren bis auf ein paar Meter an den Zwinger herangekommen, ich konnte die Jungen schon sehen, als etwas Schwarzes auf uns zuschoss. Friedhelm und ich sahen sie gleichzeitig und rannten los. Wir stürzten auf eine der Stalltüren zu. Zum Glück war sie nicht verschlossen. Wir sprangen mit einem Satz hinein und ich knallte die Tür hinter uns zu.

Mein Herz schlug bis zum Hals. Als ich mich wieder einigermaßen beruhigt hatte, sah ich durch eine kleine Luke in der Tür nach draußen. Bauer Beckmanns Hündin stand vor dem Stall und bellte und knurrte, was das Zeug hielt. Zum Glück war sie angekettet. Sie war fast so groß wie wir, und wenn die Kette nur etwas länger gewesen wäre, hätte sie uns wahrscheinlich gefressen, samt Picknick-Korb und Gummistiefeln.

»Was machen wir jetzt?«, flüsterte Friedhelm. »Ich konnte die Jungen schon sehen. Sie liegen im Zwinger.«

»Du kannst ja eines holen«, flüsterte ich zurück.

»Bist du bescheuert? Ich bin doch nicht lebensmüde.«

»Eben. Lass uns schnell verschwinden. Wer weiß, ob so eine Kette nicht reißen kann.«

»Eh, Mann, eh! Wie willst du denn hier rauskommen? Das Monster steht doch noch direkt vor der Tür!«

Ich sah mich in dem schummrigen Licht um. Erst jetzt bemerkte ich, wo wir waren: im Hühnerstall! Das heißt, wir waren in einem großen Raum, in dem ganze Heerscharen von Federvieh fröhlich durch die Gegend stolzierten. Wahrscheinlich war Bauer Beckmann so eine Art Öko-Bauer. Jetzt verstand ich auch das Schild an der Straße:

Beckmanns frische Landeier von glücklichen Hühnern!

Bauer Beckmanns glückliche Hühner liefen uns über die Füße, scharrten und pickten auf dem Boden herum und gackerten sich gegenseitig an. Manchmal dachte ich, dass uns das eine oder andere misstrauisch beäugte. Aber ich kann mich auch getäuscht haben.

»Vielleicht gibt es ja noch einen anderen Weg hier raus«, flüsterte ich Friedhelm zu.

Schon nach ein paar Schritten konnte ich sehen, dass es noch einen Hinterausgang gab. Wir waren gerettet!

Plötzlich zupfte Friedhelm an meinem Ärmel. »Was sagen wir denn jetzt Kalle?«

»Was sollen wir schon sagen? Wir erzählen ihm, was passiert ist.«

»Und wenn er uns nicht glaubt?«

»Meinst du, dass er denkt . . .«

». . .wir wären zu feige gewesen«, ergänzte Friedhelm.

Er hatte Recht. So, wie ich Kalle kennen gelernt hatte, würde er zumindest misstrauisch werden. Ohne die Münze und den alten Fetzen hätte er mir das mit der Puppe und dem Teddy ja auch nicht geglaubt.

»Hast du eine Idee, was wir machen könnten?«, fragte ich Friedhelm. »An dem Hund traue ich mich jedenfalls nicht vorbei.«

»Ich auch nicht. Wir brauchen einen anderen Beweis, dass wir hier waren.«

»Gut gesagt. Nur welchen?«

»Eh, Mann, eh! Lass uns einfach ein Huhn mitnehmen!«

»Bist du noch ganz richtig im Kopf? Was sollen wir denn mit einem Huhn?«

»Was weiß ich. Vielleicht klappt es mit einem Huhn ja genauso wie mit einem Hund. Jedenfalls könnten wir versuchen Kalle das auf die Nase zu binden. Der macht doch alles, wenn er nur der Chef sein darf. Hauptsache wir können beweisen, dass wir hier waren.«

Es war zwar eine Schnapsidee, aber wir hatten keine andere Wahl. Wenn ich an Kalle dachte, war ein Huhn immer noch besser als ein leerer Picknick-Korb.

Doch erst mussten wir eines fangen! Wir durften keine Zeit verlieren. Wer weiß, wie lange Kalle und Steffi Bauer Beckmann noch hinhalten konnten. Wenn er bei dem Gekläffe nicht schon längst Verdacht geschöpft hatte.

Ich drückte Friedhelm kurz entschlossen den Korb in die Hand, holte tief Luft und versuchte eines der Gackerhühner aufs Korn zu nehmen. Das war gar nicht so leicht. Die sehen sich alle ziemlich ähnlich. Endlich entdeckte ich eines, das etwas dicker als die anderen war. Ich hoffte, dass es sich deshalb nicht so schnell bewegen konnte. Insgeheim taufte ich es Berta. So konnte ich es noch besser von den anderen unterscheiden. Ich schlich mich bis auf einen Meter heran. Mein Opfer pickte seelenruhig auf dem Boden herum. Noch ahnte es nicht, was ihm bevorstand. Mit einem Sprung, der einem Panther alle Ehre gemacht hätte, stürzte ich mich lautlos auf Berta, die Ahnungslose – und landete in einem großen Haufen Hühnerkacke. Das blöde Vieh hatte kurz vor meiner Landung einmal »Gack, gack!« gerufen und einen kleinen Hüpfer zur Seite gemacht!

Als ich mich von meinem ersten Schock erholt hatte, sah ich, dass sie schon wieder den Fußboden bearbeitete. Mein Angriff hatte sie nicht im Geringsten beeindruckt. Ich stand ganz ruhig auf und wischte mir die Hühnerkacke von der Hose, so gut es ging. Was ich brauchte, war ein Plan. Immerhin hatte ich mehr Grips im Kopf als der ganze Hühnerverein zusammen. Friedhelm musste mir helfen.

»Pass auf«, flüsterte ich ihm zu, ohne meine Opfer aus den Augen zu lassen. »Stell den Korb auf den Boden und mach den Deckel auf. Wenn wir das Huhn haben, muss alles sehr schnell gehen.«

Friedhelm nickte. »Kapiert. Huhn fangen, rein in den Korb. Deckel zu und weg.«

»Genau. Jetzt stell dich dahinten in die Ecke. Siehst du das Huhn da?« Ich zeigte auf die dicke Berta.

»Das mit dem weißen Fleck am Po?«

»Ja. Es heißt Berta. Alles klar?«

»Wieso heißt das Berta? Kennt ihr euch?«

»Quatsch! Ich habe es gerade Berta getauft. So kann ich es besser von den anderen unterscheiden.«

»Ach so«, meinte Friedhelm nur.

»Ich werde mir Berta schnappen. Wenn sie mir beim ersten Mal entwischt, flattert sie wahrscheinlich in deine Richtung. Du musst sie dann wieder zurückjagen, damit ich es noch einmal versuchen kann.«

Was dann geschah, möchte ich lieber nicht in allen Einzelheiten erzählen. An das meiste erinnere ich mich auch nur noch dunkel. Es war jedenfalls schwieriger, als ich es mir vorgestellt hatte. Wie oft ich zwischen den Hühnern im Dreck gelandet bin, weiß ich nicht mehr so genau. Nur dass ich immer wütender und die Hühner immer lauter wurden. Zum Schluss konnte ich in dem lärmenden, gackernden Durcheinander aus Hühnern, Federn und beißendem weißen Staub kaum noch die Hand vor Augen sehen. Dazwischen sprangen Friedhelm und

ich wie die Blöden herum und versuchten die dicke Berta zu erwischen. Und draußen vor der Tür bellte sich Bauer Beckmanns Mutter-Hund die Seele aus dem Leib.

Irgendwann schrie Friedhelm durch den ohrenbetäubenden Lärm: »Es hat keinen Sinn! Wir machen zu viel Krach! Bestimmt kommt der Bauer gleich!«

Dabei ruderte er wie wild mit den Armen. Damit hatte unser widerspenstiges Dickerchen nicht gerechnet. Es wollte ganz dicht an Friedhelm vorbeifliegen, wahrscheinlich um ihn zu ärgern. Jedenfalls hat er es mit einem Armschwinger voll erwischt. Es sah aus, als hätte er einen Volleyball-Aufschlag gemacht. Berta segelte über meinen Kopf hinweg und landete ganz in der Nähe des Picknick-Korbes. Friedhelm musste eine empfindliche Stelle getroffen haben. Sie hielt sich zwar noch auf den Beinen, torkelte aber herum und wackelte mit dem Kopf. Eine solche Gelegenheit kam nie wieder! Nicht, dass ich angeben will, aber in dem Augenblick war ich total geistesgegenwärtig. Mit einem Satz war ich bei ihr, packte sie an der Gurgel und stopfte sie in den Korb. Dabei gab sie ein seltsames Röcheln von sich.

»Eh, Mann, eh!«, schrie Friedhelm durch den Lärm, obwohl er neben mir stand. »Jetzt ist sie hin!«

Ich nahm den Korb hoch und hielt ihn dicht an mein Ohr. Ich war heilfroh, als ich deutlich ein leises »Gack-Gack« hörte. »Sie ist noch munter«, beruhigte ich Friedhelm.

»Na, Gott sei Dank. Jetzt aber nichts wie weg!«

Zum Glück war auch die Hintertür nicht abgeschlossen. Von einem vorsichtigen Rückzug, so wie wir es einmal geplant hatten, konnte allerdings nicht mehr die Rede sein. Genau gesagt rannten wir Hals über Kopf davon. Schuld daran war Friedhelm. Gerade als wir aus dem Stall kamen, schrie er mir plötzlich ins Ohr, dass ich vor Schreck fast gestorben wäre: »Der Bauer kommt! Der Bauer kommt! Ich habe ihn genau gesehen!«

Ich hatte keine Zeit mehr mich umzudrehen, um zu sehen, ob er Recht hatte, weil er, wie von der wilden Hornisse gestochen, losraste. Ich dachte an Bauer Beckmanns Schaufelbagger-Hände und rannte hinterher. Schon nach ein paar Metern hatte ich ihn überholt, obwohl ich die dicke Berta tragen musste. Der Dreck aus den Pfützen spritzte mir ins Gesicht. Es störte mich nicht, genauso wenig wie Friedhelms Gejammer hinter mir. Er rief mir ständig etwas zu. Ich konnte es aber nicht genau verstehen. Dazu war ich viel zu sehr mit mir beschäftigt. Außerdem machte die dicke Berta einen Höllenlärm. Ich hörte nur, dass es wieder einmal um die Stiefel ging.

Ich blieb erst stehen und sah mich um, als ich die rettende Straßenecke erreicht hatte. Von Bauer Beckmann war nichts zu sehen. Berta war inzwischen auch wieder ruhig. Wahrscheinlich war sie zu erschöpft, um zu gackern. Dafür kam Friedhelm schimpfend angehumpelt. Er war knallrot im Gesicht.

»Eh, Mann, eh, du Doofmann!«, keuchte er mich an. »Kannst du nicht warten? Ich habe die ganze Zeit hinter dir hergebrüllt.«

»Ich weiß, aber das kannst du mir doch auch jetzt sagen, oder?«

»Kann mir vielleicht mal jemand verraten, unter welche Dampfwalze ihr geraten seid?«

Kalle hatte Basti auf dem Arm. Steffi stand gleich neben ihm. Sie sahen immer noch aus wie eine Familie. Ich hatte keine Ahnung, ob sie schon auf uns gewartet hätten, als ich angerannt gekommen war. Bemerkt hatte ich sie nicht.

»Wie seht ihr überhaupt aus?«, rief Steffi, bevor ich Kalle antworten konnte.

Ich sah mir Friedhelm an. Er sah grauenhaft aus. Allerdings war das, was ich von mir sehen konnte, auch nicht viel besser. Vom Kopf bis zu den Füßen war er mit Dreck beschmiert, mit weißem aus dem Hühnerstall und mit schwarzem von der Wiese. Alles war voll davon: seine Haare, sein Gesicht, seine Jacke, seine Hände, seine Hose und die Gummi. . .

»Wo ist der Gummistiefel?«, schrie ich ihn an.

»Das wollte ich dir doch die ganze Zeit sagen! Aber du hast ja nicht gehört!«, schrie er zurück. »Der blöde Gummistiefel ist in der Matsche stecken geblieben.«

»Wo?«

»Gleich hinter dem Hühnerstall. Und weil ich Angst hatte, dass Bauer Beckmann hinter uns her war, habe ich mich nicht getraut zurückzulaufen, um ihn zu holen.«

»Dann machst du es eben jetzt«, sagte Steffi total cool. »Wenn mein Vater merkt, dass wir seinen Gummistiefel verloren haben, ist die Hölle los.«

»Jetzt?«, schrie Friedhelm noch lauter. »Hast du zu heiß gebadet? Du weißt ja gar nicht, was wir durchgemacht haben! Keine zehn Pferde bringen mich wieder dahin!«

»Sagt mal, was stinkt hier eigentlich so?«, unterbrach Kalle die beiden Streithähne. Er kam auf mich zu und schnüffelte an mir herum.

Basti schnüffelte auch und verzog das Gesicht.

»Mann, ihr stinkt vielleicht!«

»Jetzt erzählt doch endlich, was passiert ist! Habt ihr den Hund?«, rief Steffi in Kalles völlig überflüssigen Lachanfall hinein.

»Erzählt ihr zuerst«, meinte Friedhelm.

Das war gut. So gewannen wir noch etwas Zeit.

»Ach, war eigentlich gar nicht so schwer«, sagte Steffi. »Wir mussten Bauer Beckmann zwar erst eine Weile suchen, aber dann haben wir ihn gefunden. Im Schweinestall.«

»Oh, Mann«, unterbrach Kalle sie. »Habt ihr eine Ahnung, wie es da stinkt?«

»Dagegen duftet ihr wie Veilchen«, grinste Steffi.

Ich überhörte diese Bemerkung. »Und?«

»Zuerst war er ziemlich misstrauisch«, erzählte meine Schwester weiter. »Er wollte nicht mit uns reden. Er hätte zu viel zu tun, hat er gesagt.«

»Schließlich haben wir es doch geschafft«, erzählte Kalle weiter. »Ich musste meine besten Überredungskünste einsetzen, das könnt ihr mir glauben. Wir haben ihm dann einiges von dem angeblichen Schulaufsatz vorgefaselt. Wir wollten ihn dazu bringen, dass er uns etwas über das Leben auf dem Bauernhof berichtet. Das hätte ihn sicher schön lange aufgehalten.«

»Hat er es denn gemacht?«, wollte ich wissen.

»Nee, hat er nicht«, antwortete Steffi. »Er hat nur immer wieder gesagt, dass er viel zu tun hat und dass wir an einem anderen Tag wiederkommen sollen.«

»Und dann ist die ganze Sache auch noch ziemlich brenzlig geworden.«

»Wieso denn das?«

»Weil wir seltsame Geräusche von draußen gehört haben. Jedenfalls hat Bauer Beckmann immer wieder zur Tür gesehen und ›Da stimmt doch was nicht‹ gemurmelt. Was es genau war, konnten wir nicht hören. Die Schweine wurden gerade gefüttert. Mann, das ist ein Grunzen und Schmatzen. Ekelhaft!«

Friedhelm und ich sahen uns mit einem vielsagenden Blick an.

»Wir dachten schon, dass ihr etwas damit zu tun habt«, erzählte Steffi weiter. »Wie die Verrückten haben wir auf ihn eingeredet. Fast hätten wir ihm ein Ohr abgekaut. Trotzdem hatte ich das Gefühl, dass der Krach immer schlimmer wurde und überhaupt kein Ende nahm. Aber das habe ich mir wahrscheinlich nur eingebildet, weil ich so nervös war.«

Wieder tauschten Friedhelm und ich Blicke aus.

»Aber plötzlich war Schluss«, sagte Kalle. »Draußen war kein Piep mehr zu hören. Und dann mussten wir gehen. Sonst hätte Bauer Beckmann uns wahrscheinlich rausgeworfen. Wir haben natürlich gehofft, dass ihr genug Zeit hattet den Hund zu holen.«

»Hattet Ihr?«, fragte Steffi. »Ist der Hund da drin?«

»Ja, äh«, sagte Friedhelm. »Eigentlich . . .«

»Was ist los?«, rief Kalle. »Habt ihr oder habt ihr nicht?«

»Nicht direkt«, antwortete ich diplomatisch.

»Zeigt her!«, schrie Kalle mich an. Bevor ich mich dagegen wehren konnte, riss er mir den Korb aus der Hand.

Er klappte den Deckel auf, sah hinein und klappte ihn sofort wieder zu. Er sagte nichts, sondern starrte nur auf den Korb.

»Was ist los?«, fragte Steffi endlich. »Ist der Hund da drin? Lass doch mal sehen!«

»Weißt du, was die beiden gemacht haben?«, schrie Kalle, dass sich seine Stimme überschlug. »Die haben ein Huhn geklaut! Könnt ihr Blödmänner kein Huhn von einem Hund unterscheiden? Ein Huhn macht gack, gack und ein Hund macht wau, wau!«

Wir mussten warten, bis wir erzählen konnten, was passiert war, weil Steffi kurz davor war sich vor Lachen in die Hose zu machen.

»Und was jetzt?« fragte Steffi, als wir fertig waren, und wischte sich die Tränen aus den Augen.

Kalle zuckte mit den Schultern. »Ich kann mir nicht vorstellen, dass das mit Hühnern genauso funktioniert wie mit Hunden.«

»Eh, Mann, eh! Lass es uns doch wenigstens versuchen. Solange wir es nicht ausprobiert haben, können wir es auch nicht wissen. Aber du bist der Chef und darum musst du entscheiden.«

Kalle holte tief Luft. »Na gut, meinetwegen. Aber wenn es nicht funktioniert, bringt ihr das Vieh zurück und holt den Hund!«

Damit drehte er sich um und schob mit Bastis Buggy und der dicken Berta unter dem Arm los.

»Das werden wir erst noch sehen!«, rief Friedhelm und humpelte auf einem Stiefel hinter ihm her. Dabei sah er sich zu mir um und zwinkerte mir zu. Zum Glück sah Steffi es nicht.

Als wir die beiden eingeholt hatten, schmiedete unser Chef schon wieder Pläne.

»Wir haben keine Zeit zu verlieren«, meinte er. »Darum sollten wir es gleich ausprobieren.«

»Und wo?«, wollte ich wissen, obwohl es mir eigentlich egal war. Von einem Huhn, das herumschnüffeln kann, habe ich noch nie gehört.

»Am günstigsten wäre natürlich die Höhle. Aber da müssen wir am Bauernhof vorbei. Und das ist mir im Augenblick zu gefährlich.«

Kalle sprach mir aus der Seele.

»Also werden wir es zuerst in der Nähe des Holzstapels hinter dem Garten eurer Nachbarin versuchen.«

»Und wenn die Dubbe uns sieht?«

»Das Risiko müssen wir eingehen. Wenn es mit dem Huhn nämlich nicht klappt, müssen wir uns etwas anderes einfallen lassen. Außerdem können wir uns ja von hinten anschleichen.«

Das taten wir. Ohne weitere Zwischenfälle kamen wir an die Rückseite von Frau Dubbes Garten. Wir knieten uns um den Korb mit der dicken Berta darin.

»Also«, flüsterte Kalle. »Wer holt sie raus?«

»Radieschen«, sagte Friedhelm sofort. »Er hat sie auch gefangen.«

»Muss das sein?«, wehrte ich mich schwach.

Doch Kalle war unbarmherzig. »Nun mach schon. Wenn Friedhelm es nicht tut, bleibst nur noch du übrig. Steffi und ich wollen schließlich nicht auch noch nach Hühnerkacke stinken.« Bis dahin war Berta seltsamerweise immer noch ruhig gewesen. Ich hatte schon Angst, dass sie das Zeitliche gesegnet hatte. Doch das war ein Irrtum. Sie hatte nur auf den richtigen Augenblick gewartet. Und der kam, als ich den Deckel anhob. Ich hätte nie gedacht, dass Hühner einen solchen Krach machen können. Ich klappte den Deckel sofort wieder zu. Aber das half nichts. Ihr Gackern dröhnte wie eine Alarmsirene. Wahrscheinlich haben wir deshalb nicht die Gefahr bemerkt, die sich auf leisen Sohlen anschlich.

Frau Dubbes neue Kinder

Etwas, das mindestens eine Tonne schwer war, fiel auf meine Schulter. Jetzt weiß ich, was dieser Spruch bedeutet, den wir neulich im Reli-Unterricht in der Bibel gelesen haben: *Und Gottes mächtige Stimme ließ die Erde und den Himmel erzittern.* Eine solche Stimme dröhnte mir ins Ohr, dass mir fast das Trommelfell geplatzt wäre:

»Habe ich euch endlich erwischt!«

Es war Bauer Beckmann. Weil wir knieten, sah er noch riesiger aus, als er sowieso schon ist. Die eine Hand lag noch auf meiner Schulter, mit der anderen schwenkte er Papas Gummistiefel wie eine Keule.

»Mir die Hühner wild machen und dann noch meine beste Legehenne klauen!«, schimpfte er mit Donnerstimme. »Ihr verflixte Lausebande!«

Was mich betrifft, hatte die verflixte Lausebande gleichzeitig Ohrensausen, Magenkneifen, Darmgrummeln und Knieschlottern. Trotzdem war ich froh, dass Papas Gummistiefel wieder da war. Er ist nämlich wirklich sehr empfindlich in solchen Sachen.

Ich stand auf. Bauer Beckmann schrumpfte ein wenig, sehr wenig. »Kann ich bitte den Stiefel haben, Herr Beckmann? Der gehört nämlich meinem Vater.«

»Deinem Vater?« Er quetschte meine Schulter, dass meine Knochen knirschten. »So eine Familie seid ihr? Der Obergauner bringt dem Nachwuchs die üblen Tricks bei, wie?«

»So war das doch gar nicht!«, versuchte Friedhelm den Irrtum aufzuklären. »Ich hatte nämlich die Stiefel . . .«

»Papperlapapp! Ausflüchte nutzen euch jetzt auch nichts mehr. Dem werde ich etwas erzählen, eurem sauberen Vater!«

Ich musste verhindern, dass er zu Papa ging. Ich wollte etwas sagen, die ganze Sache aufklären. Ich konnte es nicht. Irgendetwas schnürte meine Kehle zu. Mein Mund war trocken wie nach einem Wochenmarsch durch die Wüste.

Zum Glück war noch jemand da, der Papa gut kannte. »Nein!«, rief Steffi. »Nicht mein Vater! Wir machen auch alles wieder gut. Wir könnten zum Beispiel den Schweinestall ausmisten!«

»Eh, Mann, eh! Bist du noch ganz dicht? Ich denke, da stinkt es so schlimm?«

»Nichts da! Mit eurem Vater werde ich ein ernstes Wörtchen reden. Schließlich sind wir hier nicht im Wilden Westen.«

Ich war mir da nicht so sicher.

»Hallo!«, brüllte er in Dubbes Garten hinein. »Ist da jemand? Kommen Sie heraus! Ich habe hier Ihre sauberen Früchtchen! Und ich werde nicht eher weggehen, bis Sie sie hier persönlich abgeholt haben!«

»Was ist das für ein Lärm?«, krächzte es auf der anderen Seite der Hecke.

»Oh, nein! Die Hexe!«, stöhnte Kalle auf, der bis dahin wie ein Messdiener regungslos auf dem Boden gekniet hatte. Hinter der Hecke bewegte sich etwas und ein paar Zweige wurden auseinander gebogen. Dazwischen erschien Frau Dubbes Gesicht. Sie trug ein feuerrotes Kopftuch mit weißen Punkten auf dem Kopf und hatte einen Schrubber in der Hand. Es fehlte nur noch die schwarze Katze auf der Schulter.

»Was, zum Donnerwetter, ist hier los?«, kreischte sie. Und mit einem Blick auf Steffi und mich: »Ah, ihr seid es. Das hätte ich mir ja denken können. Wann immer Lärm gemacht wird, seid ihr nicht weit.«

»Jetzt hören Sie mir einmal zu, meine Dame!«, donnerte Bauer Beckmann dazwischen. »Wissen Sie überhaupt, was Ihre Kinder angestellt haben? Und Ihr Mann hat ihnen dabei auch noch geholfen.«

»Kinder? Mann? Jetzt hören Sie mir einmal zu, mein Herr. Ich habe keinen Mann. Und Kinder habe ich erst recht nicht. Und darüber bin ich sehr froh, verstehen Sie?«

»Soso, Sie haben also keine Kinder. Und wer, bitte schön, sind die hier? Sind das vielleicht Gespenster?« Bauer Beckmann hielt Papas Gummistiefel hoch. »Und was ist das hier? Ist das etwa nicht der Gummistiefel Ihres Mannes?«

»Bezichtigen Sie mich der Lüge?« Frau Dubbe schwang drohend ihren Schrubber.

»Jawohl, das tue ich! Sie wollen sich nur davor drücken für das, was Ihre Brut angestellt hat, geradezustehen!«

Bauer Beckmann schwang drohend Papas Gummistiefel.

»Meine Brut? Eine Unverschämtheit ist das!«

»Jawohl! Ihre Brut! Und eine Unverschämtheit allemal!«

Frau Dubbe und Bauer Beckmann wurden immer lauter. Uns für Frau Dubbes Kinder zu halten war wirklich eine Beleidigung. Deshalb versuchten Steffi, Kalle, Friedhelm und ich gegen die beiden anzuschreien, um den Irrtum aufzuklären. Frau Dubbe kreischte, Bauer Beckmann brüllte und wir schrien dazwischen. Zu allem Überfluss fing Basti an zu heulen und die dicke Berta gackerte, als ginge es um ihr Leben. Mit einem Wort: ein Höllenlärm. Das blieb natürlich nicht ohne Folgen. Plötzlich sah ich, dass Papa sich über den niedrigen Jägerzaun beugte, an dem er die ganzen Osterferien über gebastelt hatte.

»Was ist denn hier los?«

Obwohl er gar nicht laut gerufen hatte, war es mit einem Schlag still. Sogar Basti hörte auf zu heulen.

»Ist das Ihr Mann?«, schrie Bauer Beckmann Frau Dubbe an. Mit einem großen Schritt stieg Papa über den Zaun.

»Karsten! Stefanie! Was ist hier los?«

»Ja, Papa«, sagte ich. »Herr Beckmann und Frau Dubbe, ich meine Friedhelm und ich, äh . . .«

»Ist das da nicht mein Stiefel!«, unterbrach Papa mein Gestammel. »Und wie siehst du überhaupt aus?«

»Selbstverständlich ist das Ihr Stiefel?«, rief Bauer Beckmann. »Darum bin ich schließlich hier.«

»Das ist aber nett von Ihnen. Vielen Dank.«

»Was heißt denn hier vielen Dank? Schließlich haben Sie ihn auf meiner Wiese verloren, als Sie . . .«

»Jetzt wird mir die Sache langsam zu dumm«, unterbrach Papa ihn. »Könnten Sie mir bitte meinen Stiefel geben? Ich möchte noch im Garten arbeiten.«

»Den Stiefel wollen Sie? Oh nein, mein Herr! Den bekommen Sie nicht. Der ist nämlich ein Beweisstück!«

»Was ist mein Gummistiefel?«

»Eh, Mann, eh!«, schrie Friedhelm so wütend dazwischen, dass Bauer Beckmann ihm endlich zuhörte.

»Der Herr Rademacher hat doch überhaupt nichts damit zu tun!«, sprudelte es aus Friedhelm heraus. »Ich habe mir die Stiefel doch nur geliehen, weil ich keine hatte und weil doch die ganze Wiese voller Matsche war, aber die waren mir viel zu groß, und als wir dann mit der dicken Berta weggerannt sind, weil ich gedacht habe, dass Sie uns entdeckt haben, ist mir einer in der Matsche stecken geblieben, aber ich habe mich nicht getraut wieder umzukehren, weil wir doch die dicke Berta nehmen mussten, weil der Hund so geknurrt hat und weil ich

mir gedacht habe, dass Sie dann bestimmt wütend auf uns sind, und das war ja auch richtig, weil Sie ja jetzt hier sind, und Sie sind ja auch sehr wütend!«

Bauer Beckmann stand da wie eine Statue. Er starrte Friedhelm mit offenem Mund an. Der hätte bestimmt noch weitergeplappert. Er konnte nur nicht mehr, weil er Luft holen musste. »Heißt das, dass euer Vater gar nichts mit der Sache zu tun hatte?«

»Aber das wollten wir Ihnen doch die ganze Zeit erklären!«, rief Kalle. Endlich sagte er auch mal etwas.

Ich wunderte mich, dass Bauer Beckmann rot wurde. Das hätte ich ihm gar nicht zugetraut.

»Das tut mir aber Leid. Da habe ich Sie und Ihren Mann vollkommen zu Unrecht verdächtigt. Entschuldigen Sie bitte vielmals«, sagte er leise zu Frau Dubbe.

Er hatte immer noch nicht kapiert, dass Frau Dubbe nicht unsere Mutter war. Warum, zum Kuckuck, hören die Erwachsenen uns nie richtig zu? Steffi und ich sahen uns an. Sie schüttelte ihren Kopf. Sie hatte Recht. Warum soll man sich abmühen, wenn es doch keinen Sinn hat?

»Oh, nein!«, schrie Kalle plötzlich. »Nicht die auch noch!«

Im gleichen Augenblick sah ich zwei grinsende Gesichter um die Ecke kommen. Sie gehörten den Sauriern, genauer gesagt, Sascha und Jens.

»Was macht ihr denn hier?«, rief Steffi ihnen entgegen.

Sie mussten nicht antworten. Kalle wusste es schon. »Ist doch klar! Die wollen den Schatz ausgraben!«

»Schatz!«, brüllte Sascha zurück. »So ein Quatsch! Es gibt überhaupt keinen Schatz!«

»So? Dann wollt ihr uns wohl auch erzählen, dass ihr die Puppe und den Teddy nicht aus der Höhle geklaut habt, wie?«

Die Saurier blieben in sicherer Entfernung stehen.

»Puppe? Teddy? Was soll das denn schon wieder? Ist das noch so ein Trick von euch? Wir wollten nur wissen, warum ihr uns mit der falschen Schatzkarte herlocken wolltet.«

Er hielt die Karte hoch, die ich in der Schule gezeichnet hatte.

»Woher wollt ihr denn wissen, dass sie falsch ist?«, fragte Steffi ihn.

Jens grinste sie an. »Deshalb.« Er drehte die Karte um. Da wusste ich, was er meinte. Ich hatte sie auf mein neues Batman-Zeichenpapier gemalt!

Ich schielte möglichst unauffällig zu Kalle hinüber. Er sagte nichts. Dafür sah er aus, als wäre er kurz vor dem Nervenzusammenbruch. Aber das war auch schon egal.

Die Erwachsenen hatten natürlich nicht die leiseste Ahnung, worum es nun schon wieder ging. Sogar Frau Dubbe war sprachlos. Und Bauer Beckmann war völlig durcheinander.

»Sind das auch Ihre Kinder?«, fragte er Frau Dubbe freundlich. Die hatte es aufgegeben. Sie nickte, nickte einfach nur.

»Was ist hier eigentlich los?«, rief Papa dazwischen. Auf seinem Hals konnte ich viele rote Flecken sehen. »Was hattet ihr mit meinen Gummistiefeln auf Herrn Beckmanns Wiese zu suchen? Und wer ist die dicke Berta?«

»Das Huhn, das wir uns von Herrn Beckmann geliehen haben«, gab Friedhelm zu.

»Wie?«

»Sie haben mir nämlich ein Huhn stibitzt«, klärte Bauer Beckmann meinen Vater auf. »Und das ist ausgerechnet meine beste Legehenne.«

»Wie? Ich meine, wir werden Ihnen den Schaden natürlich ersetzen.«

»Nein, nein, nicht nötig. Es ist ja nichts passiert. Geben Sie mir nur das Huhn zurück und dann vergessen wir die ganze Sache.«

Wahrscheinlich hatte Bauer Beckmann ein schlechtes Gewissen, weil er Papa verdächtigt hatte, und war deshalb plötzlich so versöhnlich.

»Wo ist denn dieses Huhn?«, wollte Papa wissen.

Ich zeigte auf unseren alten Picknick-Korb. »Da drin.«

Bauer Beckmann bückte sich, öffnete den Deckel und holte Berta mit einem Griff heraus. Ich hätte ihn gerne gefragt, wie man das macht.

Er lächelte die dicke Berta liebevoll an. »Dann wäre ja alles in Ordnung und wir können nach Hause gehen.«

»Können wir wirklich nichts mehr für Sie tun?«, fragte Papa ihn. »Sie hatten schließlich einige Unannehmlichkeiten wegen der Kinder.«

»Schon vergessen. Nur passen Sie demnächst vielleicht etwas besser auf sie auf.«

»Darauf können Sie sich verlassen.«

Der Ton, in dem Papa das sagte, ließ mich ahnen, dass wir noch einiges zu erwarten hatten.

Bauer Beckmann war schon ein paar Schritte weg, da drehte er sich noch einmal um. »Vielleicht können Ihre Kinder doch noch etwas für mich tun«, grinste er hinterhältig. »Ihre Tochter hat vorhin vorgeschlagen, dass sie meinen Schweinestall ausmisten wollen. Wenn ich es mir recht überlege, dann möchte ich dieses Angebot annehmen.«

»In Ordnung«, grinste Papa mindestens so hinterhältig zurück. »Wann sollen sie kommen?«

»Am Samstag wäre es mir recht.«

»Um welche Zeit?«

»Lassen Sie sie ruhig ausschlafen. Wenn sie morgens um sieben anfangen, dann ist das früh genug.«

Papa nickte Bauer Beckmann freundlich zu. »In Ordnung, ich werde dafür sorgen, dass sie pünktlich bei Ihnen sind. Auf Wiedersehen, Herr Beckmann.«

»Auf Wiedersehen!«

Ich wollte schon immer wissen, wie man sich fühlt, wenn man ohnmächtig wird. Wäre Frau Hansen nicht gekommen, wüsste ich es heute wahrscheinlich.

Sie stürmte gleich auf Basti zu. Der hatte sich inzwischen mit unseren Picknick-Korb vergnügt. Wegen der Aufregung um Berta hatte niemand mehr auf ihn geachtet.

Berta musste sich in unserem Korb schon wie zu Hause gefühlt haben. Sie hatte ein Ei gelegt. Das hatte Basti gefunden und damit gespielt. Das heißt, er hatte den Inhalt mit Sand vermatscht und eine schöne Pampe daraus gerührt. Mit der hatte er sich von oben bis unten beschmiert.

»Wie siehst du denn aus?«, schrie Frau Hansen auf, als sie die Bescherung sah.

Basti schien sich sehr wohl zu fühlen. Er strahlte seine Mama an. Sie nahm ihn auf den Arm und sah wütend zu mir herüber. Ich gewöhnte mich langsam daran so angesehen zu werden.

»Das finde ich aber nicht in Ordnung, Karsten. Ich habe eigentlich immer geglaubt, dass du auf ihn achtest, wenn du mit ihm zusammen bist. Aber das stimmt ja wohl nicht. Weißt du überhaupt, wie viel Arbeit es ist ihn zu baden? Ich muss mir in Zukunft gut überlegen, ob ich ihn dir noch einmal gebe!«

Sie setzte Basti in seinen Buggy und fuhr mit ihm davon, ohne mich noch eines Blickes zu würdigen.

Dafür sah Papa mich an. Er sagte nichts, sondern schüttelte nur den Kopf.

Seit Papa über den Zaun geklettert war, hatte sich Frau Dubbe nicht mehr eingemischt. Sie hatte das Schauspiel interessiert beobachtet, ohne eine Miene zu verziehen. Nur einmal, als Papa und Bauer Beckmann verabredet hatten, dass wir den Schweinestall ausmisten mussten, hatte sie flüchtig gelächelt. Wahrscheinlich redete am nächsten Tag die ganze Nachbarschaft darüber. Vielleicht stand es sogar in der Zeitung.

Als Frau Hansen verschwunden war und sie wusste, dass die Vorstellung vorbei war, gab sie doch noch ihren unvermeidlichen Kommentar ab: »Ich habe es ja immer gesagt. Mit Ihren Kindern stimmt etwas nicht, Herr Rademacher. Nicht nur, dass sie Lärm machen, nun stehlen sie auch noch. Mein Gott! Wo soll das nur hinführen?«

Ich weiß nicht, was es war, das sie gesagt hatte. Aber irgendetwas muss es gewesen sein. Ich konnte sehen, wie ein Ruck durch Papa ging. Langsam drehte er sich zu ihr um. »Liebe Frau Dubbe«, sagte er gefährlich leise. »Meine Kinder haben nicht gestohlen. Sie haben sich das Huhn nur ausgeliehen. Das haben sie gesagt und das glaube ich ihnen auch. Und was den Lärm betrifft, kann ich Ihnen nur eines sagen: Es sind nun einmal Kinder. Und Kinder machen manchmal Lärm. Wenn Ihnen das nicht gefällt, können Sie ja ausziehen. Ich würde Ihnen ein nettes Sanatorium empfehlen. Wenn Ihnen das immer noch nicht ruhig genug ist, können Sie sich ja einen Wohnwagen kaufen und ihn auf dem Friedhof abstellen. Dort haben Sie mit Sicherheit Ihre Ruhe.«

Er machte eine kleine Pause und schrie dann so laut, wie ich es selten von ihm gehört hatte: »Und jetzt will ich nie wieder etwas davon hören! Haben Sie das verstanden?«

Während Papa mit ihr gesprochen hatte, waren ihre Augen immer größer geworden und ihr Kiefer war immer weiter heruntergeklappt. Sogar als Papa nichts mehr sagte, stand sie bestimmt noch eine Minute lang regungslos da und starrte Papa an, mit ihrem roten Tuch auf dem Kopf und dem Schrubber in der Hand. Sie holte noch einmal tief Luft, drehte sich auf dem Absatz um und weg war sie. Ein paar Sekunden später hörten wir, wie ihre Terrassentür ins Schloss krachte.

Ich wollte mich schon bei Papa bedanken und ihm sagen, wie toll ich es fand, dass er der alten Hexe endlich einmal die Meinung gesagt hatte. Doch ein Blick auf sein Gesicht genügte, um zu wissen, dass wir nun an der Reihe waren.

»So, Sportsfreunde. Jetzt will ich wissen, was hier gespielt wird. Ich will die ganze Geschichte hören, verstanden?«

»Es ist schon spät!«, rief Kalle. »Ich muss jetzt nach Hause. Meine Eltern warten bestimmt schon auf mich.«

Friedhelm war auch nicht besser.

»Das stimmt, Herr Rademacher. Meine Eltern warten auch auf mich.«

Diese Feiglinge!

Doch Papa blieb hart. »Auf die fünf Minuten kommt es nicht mehr an. Wir gehen jetzt in unseren Garten. Dort erzählt ihr mir alles. Dann könnt ihr nach Hause gehen.«

»Dürfen wir mitkommen?«, riefen Jens und Sascha gleichzeitig. Das wollten sie sich natürlich nicht entgehen lassen.

»Haben die beiden auch etwas damit zu tun?«, fragte Papa mich. Ich schüttelte den Kopf. Ihm etwas zu erklären hätte ja doch keinen Sinn gehabt.

»Also geht nach Hause!«, rief er den beiden zu. »Bestimmt warten eure Eltern schon auf euch!«

Sie zögerten einen Augenblick, aber dann stiefelten sie doch davon. Sascha drehte sich noch einmal um und grinste über das ganze Gesicht. »Also dann bis morgen in der Schule!«

Kalle sah ihm nach. Ich hätte einiges dafür gegeben zu wissen, was er in dem Augenblick dachte.

Als die Saurier nicht mehr zu sehen waren, liefen wir alle vier hinter Papa her in unseren Garten. Natürlich durften wir nicht über den kleinen Jägerzaun klettern, sondern mussten außen herum gehen.

Ich hoffte inständig, Mama würde uns sehen und mir zu Hilfe kommen. Es war vergebens. Wir versammelten uns um unseren Gartentisch herum. Es waren nicht genug Stühle da, darum setzten Steffi und ich uns quer auf eine Liege.

»So«, sagte Papa und sah uns an. Eigentlich sah er überhaupt nicht sauer aus, eher neugierig. »Nun erzählt mir einmal, was es mit dem Huhn, das ihr euch angeblich nur ausgeliehen habt, auf sich hat.«

Es dauerte eine Weile, bis wir anfingen zu reden, weil niemand den Anfang machen wollte. Aber dann, als wir erst einmal dabei waren, plätscherte es wie ein Wasserfall aus uns heraus. Genauer gesagt, waren es Steffi, Kalle und vor allem Friedhelm, die Papa alles erzählten. Ich hielt mich sehr zurück. Ich fürchtete nämlich, dass sie dabei mein eigenes kleines Geheimnis herausfinden könnten. Es war so eine Vorahnung und die stimmen ja manchmal.

Geheimnisse und Geständnisse

Papa hörte zu, ohne uns einmal zu unterbrechen. Nur sein Gesichtsausdruck veränderte sich: Erst neugierig, dann verwundert und schließlich nachdenklich.

». . . und genau in diesem Augenblick, als Radieschen die dicke Berta aus dem Korb holen wollte, kam Herr Beckmann«, schloss Friedhelm unsere Beichte. »Den Rest kennen Sie ja.«

»Und die olle Dubbe hat er für unsere Mutter gehalten«, fügte Steffi grinsend hinzu.

Papa sah Steffi streng an. »Für dich ist sie immer noch Frau Dubbe, Stefanie. Ich muss allerdings zugeben, dass mir dieser Irrtum nicht besonders schmeichelt.«

»Und ausgerechnet in ihrem Garten liegt immer noch der Schatz vergraben!«, rief Friedhelm.

Papa kratzte sich an seinem Kinn und sah mich an.

»Kannst du mir bitte diese Münze zeigen, Karsten?«

Ich weiß nicht, ob ich rot geworden bin. Sehr heiß war mir allerdings, als ich in meinem Brustbeutel nach der Münze kramte. Als ich sie endlich in der Hand hatte, sperrte sich etwas in mir sie Papa zu geben. Doch er hielt mir unerbittlich seine offene Hand unter die Nase.

»Bitte, Karsten!«

Ich gab sie ihm. Er warf nur einen kurzen Blick darauf und sah dann wieder mich an.

»Das ist also die Schatzmünze«, meinte er total ruhig. Aber gerade diese Ruhe machte mich verrückt.

Er nahm die Goldmünze zwischen Daumen und Zeigefinger. »Ich muss leider sagen, dass die Münze mir gehört, Karsten.«

»Also doch«, murmelte Kalle.

»Bitte?«

»Ach nichts. Schon gut, Herr Rademacher. Woher wissen Sie denn, dass es Ihre Münze ist?«

»Die hat mir meine Frau geschenkt – zum zehnten Hochzeitstag. Ich habe sie an dem Buchstaben erkannt, der in sie eingeritzt wurde. Der war schon da, als ich sie geschenkt bekam. Ich hatte sie einmal in einem Antiquitätenladen entdeckt und sie hat mir so gut gefallen. Da hat meine Frau sie mir geschenkt – zum Hochzeitstag. Ich bin wirklich froh, dass ich sie wiederhabe.«

»Wo habt ihr sie gefunden?«

»Im Wald.«

»Vor einer Höhle!«, ergänzte Friedhelm.

»Und die Schatzkarte?«, fragte Kalle. »Was war mit der Schatzkarte?«

»Das würde mich allerdings auch interessieren, Karsten.«

Aus. Ich hatte verloren. Jetzt noch zu leugnen war zwecklos. Ich wagte nicht Papa oder die anderen anzusehen. Aber sie sahen mich an, alle.

»Sag mal, war alles etwa nur Schwindel?«, rief Steffi. »Hast du uns die ganze Zeit nur etwas vorgemacht?«

»Nein, nur . . .«

»Nur was?«

»Nur die Karte, die – die habe ich selber gezeichnet.«

Es war raus. Ich hatte es gesagt. Ich sah auf den Boden und wartete darauf, dass das Donnerwetter losging. Aber es passierte nichts.

»Aber warum sah die Karte denn so alt aus?«, fragte Friedhelm nur. Er sah aus wie ein kleiner Junge, dem gerade jemand erzählt hat, dass es keinen Osterhasen gibt.

»Ich habe das Papier genommen, mit dem in meinem

Schrank die Böden ausgelegt sind. Das ist schon total vergilbt.«

»Eh, Mann, eh! Warum hast du das gemacht? Ich kapiere das nicht!«

Ich hätte gerade Friedhelm gerne alles erklärt, weil er am wenigsten damit zu tun hatte. Aber er hätte es doch nicht verstanden. Kalle auch nicht, Papa sowieso nicht und wahrscheinlich noch nicht einmal Steffi. Zuerst wollte ich ihnen nur einen Streich spielen, weil ich mich über Kalle so geärgert hatte. Als ich die Höhle entdeckt hatte, war mir die Idee mit der Schatzkarte gekommen, und nur weil Kalle und Steffi dieses blöde Schatzsucher-Spiel ohne mich gespielt hatten. Wenn schon eine alte Puppe und ein Teddy in der Höhle gelegen hatten, warum dann nicht auch eine Schatzkarte? Steffi, Kalle und Friedhelm hatten es mir ja auch gleich geglaubt. Nur ein wenig angeben wollte ich und vielleicht einmal Anführer bei einer Schatzsuche sein. Ich hatte den Schatz in Frau Dubbes Garten eingezeichnet, weil ich mir sicher war, dass sich niemand von uns dort hineintraute. Als wir dann aber die Münze vor der Höhle gefunden haben, glaubte ich schon fast selber an den Schatz. Leider waren Kalle und die anderen mutiger, als ich es mir ausgerechnet hatte. Die Wahrheit hatte ich ihnen aber auch nicht sagen wollen. Dazu gefiel es mir viel zu gut als Detektiv. Also habe ich einfach mitgemacht und gehofft, dass sie aufgeben, ohne den Schwindel zu merken.

Kalle hatte sich als Erster wieder gefangen. Er sprang auf: »Alles war Schwindel!«, schrie er. »Die Münze, die Karte, der Teddy, die Puppe, alles!«

»Nein!«, schrie ich zurück. »Die Puppe und der Teddy waren wirklich da, ehrlich!«

»Und das sollen wir dir glauben?«, fragte Steffi. »Nachdem du uns so angelogen hast?«

Sie war also auch sauer auf mich. Wie heißt es so schön? Wer einmal lügt, dem glaubt man nicht. Normalerweise finde ich solche Erwachsenensprüche blöde. Aber etwas Wahres scheint ja doch an ihnen zu sein.

Kalle nahm Steffis Hand und zog sie von der Liege hoch. »Komm, wir gehen. Mit dem will ich nichts mehr zu tun haben. Du kommst auch mit, Friedhelm!«

Steffi und Friedhelm standen tatsächlich auf.

»Ab sofort bist du kein Partner mehr! Hast du verstanden?«, schrie Kalle mich an, drehte sich um und stapfte wütend davon.

Erst hatte ich Angst gehabt, dann hatte ich mich geschämt, aber plötzlich fühlte ich etwas ganz anderes. Ich spürte ein Kribbeln in der Magengegend. Es wurde immer stärker und heißer, bis ich einfach nur noch wütend war. So wütend, dass mir total egal war, was ich sagte. Ich sprang auf und rannte hinter ihnen her.

»Was glaubt ihr eigentlich, wer ihr seid!«, schrie ich sie an. »Euer blödes Detektivbüro könnt ihr euch an den Hut stecken!«

Kalle drehte sich um. »So?«, grinste er. »Und warum warst du dann so scharf darauf aufgenommen zu werden?«

»Ich? Wer hat mich denn gefragt? Das warst du doch. Und wer sollte dann die Belohnung kassieren? Auch du!«

»Das ist alles deine Schuld. Wenn du nicht so gelogen hättest . . .«

»Weißt du, was du bist?«, unterbrach ich ihn. Ich wollte ihn anschreien, aber ich war so wütend, dass ich nur noch ein Piepsen herausbekam. »Du bist ein ganz scheinheiliger Blödmann. Jawohl, das bist du! Ihr alle seid das.«

»Eh, Mann, eh! Wieso denn wir?«

»Weil ihr alles gemacht hättet, nur um an den Schatz zu kommen.«

»Wenn hier einer ein Blödmann ist, dann bist du das doch wohl!«, schrie Kalle zurück.

Wenn Papa Frau Dubbe vorher nicht die Meinung gesagt hätte, wäre sie bestimmt schon längst aufgekreuzt und hätte sich beschwert, einen solchen Lärm veranstalteten wir. Aber das wäre mir in dem Augenblick egal gewesen.

»Wer wollte denn andauernd Leute verhören? Und wer hat denn dauernd Pläne geschmiedet? Und wer kam sich vor wie eine Mischung aus Old Shatterhand und James Bond? Das warst du doch! Du hast ja sogar geglaubt, dass ein Huhn schnüffeln kann, du Blödmann! Und jetzt spielst du dich schon wieder als der große Chef auf! Von mir aus kannst du bleiben, wo der Pfeffer wächst! Und überhaupt seid ihr alle zu blöde, um auf eine so gute Idee zu kommen. Jawohl! Alles, was euch einfällt, ist hinter Lehrern herzuspionieren und von irgendwelchen Fällen zu faseln, die es überhaupt nicht gibt!«

Ich drehte mich um und ließ sie einfach stehen. Ich weiß nicht genau, aber ich glaube, sie haben mir ziemlich verdattert nachgeschaut. Es passiert ja auch nicht alle Tage, dass ich einen Wutanfall bekomme. Ohne mich noch einmal umzusehen, lief ich zurück zu unserer Terrasse. Ich ließ mich mit schlotternden Knien auf die Liege fallen.

»Und du?«, schrie Kalle plötzlich noch einmal. »Was machst du? Du rennst mit Babys durch die Gegend, weil du sonst keine Freunde hast!«

Papa saß noch auf seinem Stuhl. Seit ich zugegeben hatte, dass ich der Schatzkartenfälscher war, hatte er kein Wort mehr gesagt.

»Denen hast du ja ganz schön die Meinung gesagt«, meinte er jetzt.

»Mhm.«

»Es war richtig, Karsten. Alles, was du gesagt hast, war richtig.«

»Ehrlich?«

»Ja.«

»Glaubst du mir wenigstens, dass es die Puppe und den Teddy wirklich gegeben hat?«

»Ich glaube es dir nicht nur, ich weiß es sogar.«

»Woher?«

»Weil die Puppe und der Teddy mir gehören. Ehrlich gesagt, bin ich froh, dass wir jetzt, wo ich es dir erzähle, allein sind.«

Ich hatte gedacht, mich könnte an dem Tag nichts mehr überraschen. »Sie gehören dir, Papa? Aber wieso, ich meine wie . . .«

»Ich glaube, es wird Zeit, dass ich dir einiges erzähle, Karsten«, unterbrach er mich.

»Aber bevor ich dir erzähle, was es mit der Puppe und dem Teddy auf sich hat, möchte ich, dass du mir eine Frage beantwortest. Hast du die ganze Sache mit dem Schatz deshalb erfunden, weil du in diese Detektivbande aufgenommen werden wolltest?«

»Ja, das stimmt«, sagte ich, obwohl das nicht so ganz richtig war. Aber ich wollte ihm nicht alles erklären. Dazu war ich zu neugierig, was er mit der Höhle im Wald zu tun hatte.

Papa nickte. »Das habe ich mir gedacht.«

»Warum?«

»Weil es mir so ähnlich ergangen ist. Überhaupt hast du viel Ähnlichkeit mit mir, als ich in deinem Alter war.«

»Tatsache? Das wusste ich ja gar nicht.«

»Es ist aber so. Ich war auch nicht gerade kräftig und Sport habe ich gehasst wie die Pest. Besonders weil mich die anderen immer damit aufgezogen haben.«

»Und was hast du gemacht?«

»Mit der Zeit habe ich mich immer mehr von den anderen zurückgezogen, genau wie du. Schließlich bin ich ein richtiger Einzelgänger geworden.«

Ich glaube nicht, dass ich ein Einzelgänger bin. Eigentlich komme ich mit den meisten sogar ganz gut zurecht. Und nur weil ich hier niemanden kenne, der zu mir nach Hause kommt, bin ich schließlich noch lange kein Einzelgänger, oder? Ich sagte aber nichts, sondern ließ Papa weiterreden. Vielleicht hätte er ja auch Babysitter gespielt, wenn er damals Geld für Comics gebraucht hätte.

»Ich habe mir als Ausgleich zwar kein kleines Kind gesucht, auf das ich aufpassen konnte, aber dafür habe ich etwas anderes gemacht.«

»Was denn?«

»Ich bin in den Wald gegangen und habe dort allein gespielt. Und manchmal eben auch an der Höhle. Dort hatte ich eine Puppe versteckt.«

»Und einen Teddy«, ergänzte ich.

»Genau.«

»Warum waren die denn immer noch in der Höhle, als ich sie entdeckt habe? Spielst du da heute etwa auch noch?«

»Nein!«, lachte Papa. »Du brauchst kein so entsetztes Gesicht zu machen. Im Laufe der Zeit änderte sich mein Verhältnis zu meinen Schulkameraden. Ich hatte nämlich etwas entdeckt.«

»Ein Geheimnis?«

»Nein, kein Geheimnis. Ich hatte entdeckt, dass ich eine besondere Begabung hatte, und zwar die Mathematik.«

»Hä?«

Wieder lachte Papa. »Du hast ja auch schon festgestellt, dass die Mathematik, die ihr in der Schule lernt, immer komplizierter wird.«

Wem sagte er das?

»All meine Schulkameraden haben damals über Mathe gestöhnt«, erzählte Papa weiter. »Nur mir hat es überhaupt nichts ausgemacht. Ich musste noch nicht einmal viel dafür tun. Ich habe es verstanden, ohne zu lernen. Als ich das erst einmal begriffen hatte, packte mich der Ehrgeiz. Ich wollte unbedingt der Klassenbeste in Mathematik werden.«

»Bist du es geworden?«, fragte ich, obwohl ich mir die Antwort schon denken konnte.

»Ja, das bin ich, ohne Probleme.«

»Aber was hat das alles mit der Puppe, dem Teddy und der Münze zu tun?«

»Mit denen hatte ich schon lange nicht mehr gespielt. Aber auch sonst war ich immer öfter mit meinen Klassenkameraden zusammen. Ich war derjenige, den sie immer fragen konnten, wenn sie in Mathe etwas nicht verstanden hatten. Außerdem sind wir gerade zu der Zeit umgezogen. Oma und Opa haben gedacht, dass es daran gelegen hat, dass ich nun mehr Freunde hatte. Ich habe sie in dem Glauben gelassen. Die Puppe und den Teddy habe ich nicht mitgenommen, sondern einfach in der Höhle liegen lassen.«

»Und weiter?«, fragte ich.

»Als ihr mir dann davon erzählt habt, dass du die Höhle gefunden hast, fing ich plötzlich an mich zu schämen. Vielleicht hatte ich auch nur Angst, dass du so wirst, wie ich damals war. Jedenfalls habe ich mich kurzerhand entschlossen, die Puppe und den Teddy aus der Höhle zu holen. – Dass ihr es merkt, habe ich nicht geglaubt. Schließlich hattet ihr mir ja versprochen nicht mehr hinzugehen«, fügte er noch mit einem entsprechenden Blick hinzu.

»Dann hast du also die Puppe und den Teddy aus der Höhle geholt.«

»Stimmt.«

»Und wo sind sie jetzt?«

»Na ja . .ich . . . ich habe sie weggeworfen, weil ich mir gedacht habe, dass dieses Kapitel nun wirklich endgültig vorbei sein sollte.«

Weggeworfen! Und das sollte ich glauben? Wahrscheinlich hatte er sie in dem kleinen Schrank in seinem Arbeitszimmer versteckt, wo auch Mamas alte Liebesbriefe an ihn lagen.

»Und die Münze hast du dort verloren?«, fragte ich aber nur.

Papa kratzte sich wieder am Kinn. »Tja, darüber habe ich vorhin die ganze Zeit nachgedacht. Ich habe ja erst durch euch erfahren, dass ich sie dort verloren hatte. Ich kann mir aber jetzt denken, wie es passiert ist.«

»Wie denn?«

»Vor der Höhle liegen dicke Felsbrocken. Ich weiß nicht, wie oft ich als Junge darüber gestolpert bin. Ich sagte ja schon, dass Sport nicht meine Sache ist. An dem Tag, an dem ich meine alte Höhle besuchte, ist es mir wieder passiert. Der Länge nach bin ich hingeknallt. Dabei muss mir die Münze aus der kleinen Seitentasche meiner Pfeifentasche gefallen sein. Dort verwahre ich sie immer. Als ich mich wieder aufgerappelt hatte, sah ich nämlich, dass die Tasche offen auf dem Boden lag.«

»Ich bin auch über die Steine gestolpert und hingefallen«, sagte ich. »Dabei habe ich die Münze gefunden.«

»Dann war unsere Unsportlichkeit schuld daran, dass ich die Münze verloren und du sie gefunden hast«, grinste Papa.

»Aber dass ausgerechnet ich deine Höhle entdeckt habe, ist schon irgendwie unheimlich.«

Papa nickte nachdenklich. »Das stimmt. Manchmal geschehen halt Dinge, die wir uns nicht erklären können. Schicksal nennt man das wohl.«

Inzwischen war es dunkel geworden. Als wir in die Küche kamen, waren Steffi und Mama schon fast mit dem Abendessen fertig. Mama fragte trotzdem nicht weiter nach. Das war auch gut so. Überhaupt waren wir alle sehr schweigsam. Steffi war noch sauer. Sie sagte zwar nichts, aber sie beachtete mich auch nicht. Gleich nach dem Essen ging sie in ihr Zimmer. Ich blieb noch etwas länger.

Kurz nach Steffi ging Papa ins Wohnzimmer, um mal wieder das Fernsehprogramm zu studieren. Plötzlich stand Mama neben mir und beugte sich zu mir herunter.

»Na«, flüsterte sie. »Hat er es dir erzählt?«

»Was?«

»Die Geschichte mit der Puppe und dem Teddy.«

»Das weißt du?«

»Sicher.«

»Weiß Papa denn auch, dass du es weißt?«

»Ich glaube nicht. Oma hat es mir erzählt, kurz bevor Papa und ich heirateten.«

»Und Oma wusste von der Puppe und dem Teddy?«

»Natürlich. Sie ist seine Mutter.«

»Und was sagst du dazu? Findest du es nicht irgendwie blöd?«

»Blöd?«, lachte Mama. »Nein, überhaupt nicht. Ganz im Gegenteil.«

»Komisch«, sagte ich noch, kurz bevor Mama aus der Küche ging. »Papa hat gesagt, dass Oma nichts davon wusste.«

»Tja, so ist das eben, Mütter und Ehefrauen wissen oft mehr als ihre Söhne und Männer glauben.«

Ich dachte, dass ich mir das unbedingt merken müsste.

Jetzt sitze ich hier in meinem Zimmer und denke nach. Es hat sich nämlich schon wieder alles geändert. Heute Morgen beim Frühstück hat Steffi noch nicht mit mir geredet. Ich habe versucht sie nicht anzusehen. Manchmal hatte ich in der Schule allerdings das Gefühl, dass sie mich unauffällig beobachtete. Einmal hatte sie Luft geholt, so als wollte sie mir etwas sagen. Sie hat es dann aber doch nicht getan. Dafür hat sie in der Pause umso mehr auf Kalle und Friedhelm eingeredet. Was sie gesagt hat, konnte ich nicht verstehen. Ich hätte es zu gerne gewusst, weil sie immer wieder in meine Richtung sahen. Ich traute mich aber nicht näher heran. Seltsamerweise waren die Saurier friedlicher, als ich es erwartet hatte. Nur einmal ist Jens in der Pause dicht an mir vorbeigegangen, hat mich angegrinst und leise gegrunzt.

Nach der Schule hatte ich keinen Hunger. Ich bin gleich auf mein Zimmer gegangen. Nach einer Weile habe ich Kalle gehört. Es hatte sich also nichts geändert, dachte ich. Es war, als hätte es die letzten Tage nie gegeben. Sogar Frau Hansen hatte schon wieder angerufen.

Aber dann klopfte es leise an die Tür.

»Ja! Herein!«, rief ich.

Kalle und Steffi steckten ihre Köpfe ins Zimmer.

»Können wir mal reinkommen?«, fragte meine Schwester.

»Klar. Was wollt ihr denn?«

»Ich war heute Morgen noch ziemlich sauer darüber, dass du uns so angeschwindelt hast. Aber dann haben wir gesagt . . .« Steffi räusperte sich.

»Also meinetwegen. Steffi hat gesagt, dass du eigentlich

Recht hast. Das mit der Schatzkarte war wirklich keine schlechte Idee. Und wir haben ja auch eine Menge Spaß gehabt. Wenn ich daran denke, wie ihr mit der dicken Berta angekommen seid!«

Ich sage ja immer: Ich habe eine tolle Schwester.

»Das andere war aber meine Idee«, fuhr Kalle fort.

»Welche Idee denn?«

»Dass wir weitermachen. Ich finde nämlich, dass Kalle und Partner eine echt starke Detektivbande ist. Und wir wollten dich fragen, ob du nicht mitmachen willst. Friedhelm würde sich auch freuen, hat er gesagt.«

Ich habe wirklich gedacht, ich höre nicht richtig. Ich habe alles nur noch durch einen Nebel gesehen. Irgendwie habe ich dann »Ich werde es mir überlegen« herausbekommen.

Danach sind Steffi und Kalle gleich wieder verschwunden. Eigentlich gibt es gar nicht viel zu überlegen, aber ich will sie noch etwas zappeln lassen.

Gleich werde ich aber hinübergehen und sagen, dass ich bei Kalle und Partner mitmache. Ich habe zwar noch keine Ahnung, welche Fälle wir lösen sollen, aber das wird sich schon finden.

Spannende Kinderkrimis

Manfred Witte

Das Geheimnis der alten Dame

Julia, John und David beobachten seltsame Dinge im Supermarkt. Wer ist die ungewöhnliche alte Dame, die ihnen dort auffällt? Und wer ist der unheimliche Mann, der ihr heimlich etwas in die Tasche steckt?

Arena-Taschenbuch Band 1789. 184 Seiten. Ab 10

Der Verdacht der alten Dame

Irgendetwas stimmt nicht auf dem heruntergekommenen Gutshof, auf dem John bei der Hühnerzucht hilft. Zum Glück interessiert sich die alte Dame ebenfalls brennend für die Vorfälle auf dem Hof.

Arena-Taschenbuch Band 1790. 192 Seiten. Ab 10

Die alte Dame greift ein

Seltsame Dinge geschehen in der Baufirma Tessmann und Schröder. Als Putzfrau verkleidet nimmt die alte Dame die Ermittlungen auf...

Arena-Taschenbuch Band 1791. 192 Seiten. Ab 10

Arena